Es war einmal eine Idee

Das kleine Märchenbuch

Herausgegeben von Hartwig Hansen und Ralf Plenz

168 Seiten 14,8 × 17,5 cm, geb., Metta Kinau Verlag Bettina Plenz u. Dietrich Meine, Hamburg

1. Auflage Juli 1984 13. Auflage Dez. 1988

ISBN 3-920 641-02-7

Bestellungen an: Metta Kinau Verlag, Ottenser Hauptstr. 48 2000 Hamburg 50

☎ 040 - 39 32 25

Gedruckt auf sorgsam ausgesuchtem Recyclingpapier (110 g/qm), hergestellt aus 100% Altpapier.
Gedruckt mit der Original Heidelberger KORD 46×62 cm. Druckwerkstatt Ottensen, Ralf Plenz und Jürgen Illau, Ottenser Hauptstr. 48, 2000 Hamburg 50. Buchbinderei: C.H. Büge, Celle

Das kleine Märchenbuch
herausgegeben von
Hartwig Hansen
und
Ralf Plenz
Metta Kinau Verlag Lüneburg
Bettina Pötz

Das Glück des Zauberers
Ausgedacht von Elisabeth,
abgeschrieben von Ralf,
illustriert von Barbara

Es war einmal ein braunes Wasser. Das befand sich in einem runden Glas, welches auf einem großen Schreibtisch stand. Dieser wiederum gehörte einem alten Zauberer. Jedesmal, wenn der Zauberer schlechte Laune hatte oder traurig war, setzte er sich an seinen Schreibtisch und steckte seinen Zeigefinger in das Glas mit dem braunen Wasser. Dann schrieb er mit dem Finger auf ein großes weißes Blatt Papier : WOW ! und hängte es an die Fensterscheibe, so daß alle Leute, die vorbeigingen, es lesen konnten.

Die Leute gingen vorbei, manche lasen das Wort, schüttelten den Kopf und dachten : der alte Zauberer spinnt mal wieder.
Nur ein kleiner Junge blieb stehen, sah sich das Wort genau an, überlegte und klopfte ans

Fenster. Der Zauberer schaute erstaunt, öffnete dem Jungen das Fenster und bat ihn, hereinzukommen. Der Junge kletterte über das Fensterbrett und fragte den Zauberer, ob er traurig sei.

»Wie kommst Du denn darauf?« fragte der Zauberer verwundert. »Du mußt sehr traurig sein; würdest Du sonst immer ›Weh Oh Weh‹ auf Dein Blatt schreiben und es allen Leuten zeigen?«

Der Zauberer war ganz still, sah den Jungen mit großen feuchten Augen an und sagte dann leise: »Ich glaube, du bist sehr weise, viel klüger als ich; ich wußte gar nicht genau, was ich tat, als ich das Wort aufschrieb. Es stimmt, ich bin oft sehr traurig und einsam, und ich

WOW

habe mir immer gewünscht, daß jemand meinen Zettel liest und hereinkommt. Aber niemand ist bisher gekommen...«

Der Zauberer wollte den Jungen an seiner Freude teilhaben lassen und fragte, was er sich denn wünsche; er könne ihm alles herbeizaubern, was er haben wolle.

Der Junge überlegte lange und sah sich sorgfältig im Schloß des Zauberers um. Da fiel sein Blick auf das Glas mit dem braunen Wasser, und er fragte den Zauberer, was das sei. Der Zauberer erklärte es ihm. Da sagte der Junge: »Ich möchte das Glas mit dem braunen Wasser haben.« »Aber was willst Du denn damit?« fragte der Zauberer. »Es wegschütten«, sagte der Junge stolz, »du brauchst es ja nicht mehr; und ich habe einen neuen Freund; einen, wie ich ihn mir schon immer gewünscht habe.«

Da lachte der Zauberer und gab dem Jungen das Glas. Der Junge lief zur Tür hinaus und schüttete es sofort aus in die Straßenrinne; und das braune Wasser floß durch die ganze Stadt. Die Leute rannten wie immer vorbei und sahen nichts; nur einige rümpften die Nase und meinten: » Da hat wieder jemand seine ganze Scheiße auf die Straße geschüttet. Unverschämt, solcher Dreck! Wenn das jeder machen würde...! Die schönen Straßen! «

Und weil die Leute so denken, sind bis heute die Menschen traurig und einsam – und die Straßen sauber.

Lenas Reise

ausgedacht von Kristina,
abgeschrieben von Ralf,
illustriert von Alexandra.

Lena war ein kleines blondes Mädchen mit langen, viel zu dünnen Beinen. In ihrem runden Gesicht leuchteten zwei lustige braune Haselnußaugen. Jeder fand, daß sie süß aussah mit ihren Pausbäckchen. Lena aber wollte viel lieber ein ganz schmales Gesicht haben und zart und blaß aussehen. Wie gesagt, Lena war ein ganz normales Mädchen, das ganz gut in der Schule war und sehr gut im Kopfrechnen. Darin war sie immer die schnellste. Später wollte sie aussehen wie Papa, groß und stark; Mama war ihr einfach zu klein. Dafür war Mama aber auch viel klüger, Papa war, im Vertrauen gesagt, etwas dumm, aber zum Denken hatte er ja Mama.
Heute war Lena sehr traurig. Mama und Papa hatten sich wieder gestritten. Beim Aufstehen hatten sie über Zahnpasta gestritten, beim Frühstück über das Ei, und nun war Lena gar nicht mehr da für sie. In solchen Fällen setzte sich Lena vor ihren Spiegel, sah sich an und dachte nach. Heute aber war sie so traurig, so daß sie gar nicht denken konnte. Sie saß vor dem Spiegel

und guckte und guckte, und plötzlich geschah etwas Unerwartetes und Erschreckendes. Ihr Ich lief durch den Spiegel, sah sich noch einmal um und war spurlos verschwunden. Lena erschrak, sie brauchte ihr Ich, wie sollte sie ohne es leben? Ihr blieb keine andere Wahl, sie mußte ihrem Ich hinterherlaufen. Sie sah ihr Spiegelbild fest an, hielt sich bei den Händen und sprang - schwups - durch den Spiegel.
Da stand sie nun, auf ihren dünnen Beinen, ohne Ich, in einer ganz anderen Welt und rieb sich vor Staunen die Augen. Rund um sie herum lag ein bunter Wald. Riesige rote Blumen hingen von langen, gerade gewachsenen Bäumen. Krüppelkiefern schlichen auf dem Waldboden entlang, golden leuchtete die Sonne durch blaugrüne Blätter und der Wind schaukelte auf den Blüten wie auf dem Meer. Überall zwitscherte, pfiff und lachte es, und als sie genau hinhörte, merkte Lena, daß der Wald mit ihr sprach. „Was willst Du hier, kleines Mädchen? Fürchte Dich nicht, wir sind der Werdende Wald. Sag uns, was Dich zu uns führt". „Ich suche mein Ich", antwortete Lena

mit zaghafter Stimme. „Ja, ja die Menschenkinder", raunte ein kleiner Farn vorlaut, „fast alle verlieren einmal ihr Ich, doch nur ganz wenige merken es, und noch weniger wollen es wiederfinden. Bei uns aber bist Du richtig. Wir bestehen aus den Träumen der Menschen. Deshalb heißen wir auch der Werdende Wald. Im Moment sind wir sehr schön, weil die Menschen viel träumen müssen, sonst können sie nicht überleben in ihrer grauen, einsamen Welt." „Ach Du dummer Farn", murmelte der alte, weise Baum, der seine Blätter über Lena beschützend ausstreckte, „Du redest viel zu viel, dieses Mädchen sucht sein Ich, wir müssen ihm helfen, es wiederzufinden. Aber: Es ist nicht einfach, sein Ich zu finden. Du wirst viel suchen und träumen müssen, und es werden nicht immer schöne Dinge sein, die Du findest. Dein Ich existiert in tausend Gestalten, und es ist flink und behende. Du mußt eine genaue Vorstellung von Deinem Ich haben, sonst wirst Du es nicht entdecken können. Nicht alles wirst Du hier bei uns träumen können, aber es gibt auch noch andere Wesen, die Dir helfen

werden". Langsam verebbte der Singsang und ging in ein leises Rauschen über. Lena wurde immer müder und sank schließlich in einen tiefen Schlaf.
Als sie erwachte, schaute sie sich voller Staunen um. Sie saß auf einem weichen Moosbett, zugedeckt mit einer leichten Daunendecke und vor ihr kniete ein alter runzliger Gnom, der nun ganz vergnügt anfing zu blinzeln. „Wo bin ich?" fragte Lena. „Du bist bei dem Volk des Werdenden Waldes und sollst hier bei uns bleiben, bis Du den Wunsch hast, weiterzuziehen. Doch ersteinmal bist Du sicherlich hungrig" und geschwind brachte er einen kleinen Tisch herbei, legte Farnblätter darauf und lauter köstliche Kleinigkeiten, von allem nur ein wenig. Während des Essens platzte Lena fast vor Neugierde, aber der greise Gnom hieß sie, erst zu essen, dann wolle er sie dem Volk vorstellen.
Endlich nahm Archibald, so hieß der Alte, Lena bei der Hand und führte sie vor die Tür seiner Blatthütte. Staunend betrachtete sie die tausend verschiedenen Gestalten. Zarte

Feen mit langen blonden Haaren, Leute, die aussahen wie Baumstümpfe, Alte, Junge, die nicht alt noch jung waren. Lachende Augen in feinen Jungengesichtern, Winzlinge, die sich durch laute Worte bemerkbar machen mußten. Als sich alle vorgestellt hatten, fragte Archibald das Volk, ob Lena bei ihnen leben und arbeiten dürfe, und als alle ja sagten, feierten sie ein großes Fest, bei dem sehr viel gesungen, getanzt und gelacht wurde.

Langsam lernte Lena, daß hier niemand nach seinem Äußeren bewertet wurde. Ob schön oder häßlich, jung oder alt, war unwichtig. Entscheidend war allein die Herzensgüte des Einzelnen. Und da war ihr Archibald der beste Lehrmeister. Er lehrte sie, daß Liebe das Wichtigste ist auf der Welt. Liebten die Menschen einander, so gab es keinen Neid und keine Mißgunst, kein Besitzstreben und keine Eifersucht. Niemand wollte mehr als der andere und so herrschte Frieden unter dem Volk des Werdenden Waldes. Jeder wußte, er wurde geliebt und liebte die anderen. Niemand mußte um die Liebe bangen, denn es herrschte ein großer Überfluß davon. So erklärte Lena es sich auch, daß die Leute hier so viel lachten und schmusten. Und Lena mußte an daheim denken, an Papa und Mama, die sich immer stritten und an den alten Herrn Schulz von oben, der immer nur schimpfte und fluchte und vor dem sie schreckliche Angst hatte.

Und eines Tages, als Lena all die Liebe genossen hatte, meinte Archibald zu ihr, daß es nun an der Zeit sei, das Volk des Werdenden Waldes zu verlassen. Lena schaute ihn bestürzt an: „Aber ich habe mein Ich doch noch gar nicht gefunden." „Oh doch, Du hast etwas ganz Wichtiges entdeckt. Du weißt jetzt, daß Dein Ich zu einem großen Teil aus Liebe besteht, aus der Liebe, die Du zu geben vermagst und die Du bekommen wirst." Da fing Lena an zu schluchzen: „Werde ich Euch nie wiedersehen?" „Oh doch," entgegnete Archibald „Du nimmst uns doch mit, ein Teil von uns ist auch in Deinem Ich, ich hoffe sehr, daß Du uns nicht mehr verlieren wirst. Und außerdem reist Goldener Mond, die blaue Libelle, mit Dir. Sie wird mit Dir fliegen, wohin Du möchtest."

Und er knöpfte Lena den Mantel zu, küßte sie noch einmal, setzte sie auf die Libelle und wurde ganz schnell ein kleiner schwarzer Punkt am Horizont.

Langsam versiegten auch Lenas Tränen, und sie bemerkte, daß sie den Werdenden Wald schon verlassen hatte. Lenas Neugierde erwachte, und sie bat Goldenen Mond, tiefer zu fliegen, doch was sie sah, machte ihr große Angst. Sie flogen über ein dunkles, kahles Land, das einer Wüste glich. So weit Lena sehen konnte, gab es keine Blumen, kein Vogelgezwitscher, und keine Sonnenstrahlen durchdrangen die Bergschluchten. Lena fragte Goldenen Mond, ob sie wisse, wie dieses Land heiße. „Es ist das Land der Verlorenen Hoffnung", antwortete die Libelle, „wir werden gleich über die Stadt Melancholia fliegen. Wenn Du möchtest, können wir dort halten." Lena war einverstanden, denn sie wollte den Grund für diese Düsternis

erfahren. Sie landeten auf einem Hügel etwas außerhalb der Stadt. Schon bald befiel Lena eine eigenartige Schwermut, die Stadt war sehr grau, die Häuser standen eng beieinander, und nirgendwo war ein Laut zu hören. Die Menschen hasteten vorbei, ohne von Lena Notiz zu nehmen. Schließlich setzte sie sich auf eine einsame Bank auf einem Marktplatz und fing an zu weinen.

Da sprach eine alte mutlose Stimme neben ihr: „Warum weinst Du, Kind? Spar Dir Deine Tränen, sonst wirst Du nur noch weinen. Hier weinen die Menschen nicht mehr. Wo kommst Du her, daß Du noch weißt, was Tränen sind?" und mit diesen Worten ließ die Alte sich auf der Bank nieder und guckte Lena fragend an. „Ich – ich bin auf der Suche nach meinem Ich, und ich wollte wissen, warum dieses Land so grau ist." „Soso", murmelte die Alte „ein Menschenkind, höre mal, Kleines, die Menschen, die hier leben, haben ihre Hoffnungen verloren. Weißt Du, was das heißt, wenn Du nicht mehr träumen kannst? Träume machen auch einen grauen Tag bunt, und wenn Du keine Träume mehr hast, dann hast Du auch keine Ziele mehr, dann weißt Du, daß sich nie mehr etwas ändert in Deinem Leben. Du wachst morgens auf und denkst, wieder ein Tag, und dann schleppst Du Dich zum Küchenfenster und auch der schönste Sonnenstrahl erreicht Dein Herz nicht mehr." „Aber wie kommen die Menschen hierher?" fragte Lena. „Sie alle haben ihr Ich verloren und es nicht gemerkt. Flieg weiter, Traumkind, und vergiß es nie: die Dir sagen werden, Du darfst nicht träumen, kommen aus dem Land der Verlorenen Hoffnung." Mit diesen Worten stand die Alte auf und wurde schnell von der Menge verschluckt. Lena und Goldener Mond flogen nachdenklich weiter.

Lange flogen die beiden, Stunden, Minuten, Tage, bis sie zum See des Inneren Wissens kamen. Goldener Mond verabschiedete sich von Lena, denn sie mußte nun heim zu Archibald. Lena aber betrat furchtlos den vor ihr liegenden Weg und kam an einen wunderschönen See, der in ganz vielen verschiedenen

Blautönen schimmerte und leuchtete. Rings um den See wuchsen Blumen in wilder Pracht. Rote, Gelbe, Weiße streckten ihre Blüten zum See hin und spiegelten sich in ihm. Wo aber Lena ging, bogen sich die Blumen zur Seite und bildeten Baldachine über ihr, so daß Lena unbehelligt bis ans Ufer gelang. Hier ließ sie sich ersteinmal nieder, um all die Schönheit aufzusaugen und zu genießen, und sie merkte, wie eine nie gekannte Freude und Ruhe in ihr aufstieg.

Lange saß Lena versunken da, bis sie die kleine Meerjungfrau bemerkte, die am Ufer kauerte, sie anlächelte und willkommen hieß. Die Nixe stellte sich als Aquarine vor und fragte Lena nach ihrem Namen. Kurz darauf verschwand Aquarine, tauchte aber bald darauf aus den Wellen wieder auf, ein kleines graues Päckchen mit sich tragend. „Ich soll Dir alles Gute von Kraftbringende Weisheit, unserer Mutter, sagen und Dir alle Fragen beantworten, die Du an Dein Geschenk hast", und mit diesen Worten überreichte sie Lena das Päckchen. Langsam versuchte Lena, das Päckchen

zu öffnen. Doch unter jeder Schicht Packpapier verbarg sich eine neue, und das Paket wurde nie kleiner. Einige Knoten waren sehr schwer zu öffnen, andere fielen beinahe von selbst ab, und jedesmal änderte sich das Papier. Je mehr Schichten Lena entfernte, desto kostbarer und dünner wurden sie. An einer bestimmten Stelle schließlich bat Aquarine Lena aufzuhören.
„Was ist das, und warum soll ich aufhören?" fragte Lena verwundert. „Du hältst Dein Inneres Selbst in den Händen. Alles Wissen der Welt liegt in den Menschen selbst. Bis zu diesem Seidenpapier hier hast Du Dein Inneres Selbst entdeckt. Deine Erlebnisse halfen Dir dabei. Wenn Du weiterblätterst, wirst Du noch mehr entdecken, aber noch ist die Zeit nicht reif. Das Päckchen wird nie kleiner werden, aber je mehr Schichten Du entfernst, desto kostbarer und dünner werden sie und oft wird es Dir wehtun, sie zu entfernen, und doch wird jede Schicht Dir neue Erkenntnisse bringen und für Dich von hohem Wert sein. Du bist zu uns gekommen, um Dein Ich zu finden. Nur wenige Menschen finden den Weg zu uns an den See.

Höre mir gut zu, Lena, Dein Ich kann Dir nie weglaufen, denn es liegt immer in Dir selbst, aber viele Menschen haben den Kontakt zu sich selbst verloren, und sie haben deshalb das Gefühl, daß ihr Ich nicht mehr da ist. Du aber hast auf Deiner Reise so viel erfahren, daß Du weißt, was für Dich gut und wichtig ist, und so hoffe ich, daß Du Dein Ich nicht mehr verlieren wirst. Und falls Du doch mal das Gefühl hast, daß Du Dir selber nicht mehr nahe bist, dann denke an Dein Päckchen, und daß die Antworten auf alle Deine Fragen in Dir selbst liegen. Du mußt nur den Mut haben, alte Schichten zu entfernen und neue Knoten zu lösen."

Lena hatte die ganze Zeit aufmerksam zugehört und nun merkte sie, wie eine tiefe Müdigkeit sie überkam und immer leiser hörte sie Aquarine reden, „Du kehrst nun heim, Traumkind, nimm uns mit und erzähle von uns, damit mehr Menschen den Weg an den See des Inneren Selbst finden."

Dann spürte Lena nur noch, wie ein paar warme Arme

sie aufnahmen und in ihr weiches Bett legten, und sie hörte die Stimmen ihrer Eltern, die „Gute Nacht, Kleines" und „Wir haben dich lieb" murmelten. Sie kuschelte sich in ihr Kissen und beschloß, ihnen morgen alles zu erzählen. Ein liebevolles Lächeln huschte über ihr Gesicht.

Der Mann,
der Träume verschenkte
ausgedacht von Hartwig,
abgeschrieben von Ralf,
illustriert von Kai

Schwere Regentropfen prasselten auf das Hüttendach. Es war Regenzeit in Azurien.

Na gut, sagte der Mann, sieht so aus, als ginge die Runde wieder an dich. Er warf die Decke weg, kratzte sich wie jeden Morgen am Po, schwang in der Hängematte noch zweieinhalb mal hin und her und hüpfte dann aus der Hütte zum Strand.

In der azurischen Regenzeit nahm der Mann jeden Morgen eine Dusche und ein Vollbad, sozusagen gleichzeitig. Dann machte er in seiner kleinen Hütte das Feuer wieder an, einen heißen Tee fertig und im Spiegel mit dem großen Sprung ein fratziges Gesicht.
Der Mann fühlte sich wohl.

An solch stürmischen, verregneten Tagen spürte er die Jugend in sich, und er hätte es mit jedem aufnehmen mögen.

Das nasse Holz in der Feuerstelle brachte schwarze Qualmwolken hervor und sagte den Kindern im Dorf, daß der Mann frühstückte. Sie tobten durch den Busch, stießen und schubsten sich, um zuerst unten am Strand zu sein und sich in der Hütte die besten Plätze zu sichern. Die zahmen Äffchen hangelten sich ebenso behende von Baum zu Baum. Den Kindern schallte es hinterher, wann sie wieder zu Hause sein sollten, aber wie jeden Morgen würde sich niemand so recht drum kümmern.

Da seid ihr ja, sagte der Mann zufrieden

und fuhr sich mit einem geschnitzten Kamm noch einmal durch den nassen Bart.
Was habt ihr mir denn heute mitgebracht?
Alles purzelte durcheinander und als sich das Affen-Bananen-Kinder-Ananas-Schmusesteine-und-Kokosnuß-Knäuel gelichtet hatte, fing der Mann zu erzählen an:

Von fliegenden Zigarren und tiefen Schluchten, von der Wüste, wo es nie regnet und dem Nordkap, wo immer die Sonne scheint, von Menschen, die sich lieben und von solchen, die sich nie kennenlernen.

Das Getrommel der Regentropfen ließ es sehr gemütlich werden in der kleinen Hütte des Mannes, so daß die Kinder ihn immer weiter bedrängten von den Gnomen zu erzählen, die einen ohne Worte verstehen, von den kraftspendenden Quellen, um die ein Krieg entflammte und dem allmächtigen Teufel, dem der Mann den Namen Geld gegeben hatte.

Der Mann war eine mächtige Persönlichkeit, aber nicht in dem Sinne, wie wir es verstehen. Sein Körperbau war eher schmächtig. Die Menschen im Dorf hatten es sich schon lange abgewöhnt, danach zu fragen, ob die Geschichten des Mannes wahr seien. Er besaß die Macht über die Träume. Die Kinder hatten ihre Freude an den Geschichten und die Erwachsenen hatten ihre Freude an den Kindern. So hatte alles seine Ordnung.

Bitte erzähl uns die Geschichte vom Regengott und der unsterblichen Prinzessin, forderten die

Kinder. Doch der Mann schwieg einen Moment und begann stattdessen lächelnd mit der Geschichte vom verwunschenen Vogelkäfig und dem Nadelstreifenanzug. Gespannt hörte alles mit offenen Mündern zu, die Wellen rauschten und der Regen über Azurien platterte.

Guten Tag, mein Name ist Monkey. Ein breitschultriger Mann stand etwas gebückt im Hütteneingang und versuchte ein verlegenes Grinsen. Die Affen keiften, die Kinder tuschelten belustigt und der Mann am Feuer fragte endlich: *Wo haben sie den verwunschenen Vogelkäfig, Mister Monkey? — Ich verstehe nicht, mein Herr, unser Schiff ist gesunken und wir haben das unerhörte Glück gehabt, noch recht-*

zeitig in den Helikopter zu kommen.

Die Kinder liefen an Mister Monkey vorbei in den Regen. Am Strand stand der große Käfig mit vier Stöcken auf dem Dach. Darin saß ein dicker Mann mit rotem Kopf. Er stieg langsam aus der gläsernen Zelle und tapste unbeholfen durch den feuchten Sand auf die Hütte zu. Sein edler Nadelstreifenanzug wurde völlig durchnäßt.

Es interessiert mich nicht, wer sie sind oder wie sie heißen, kam der nackte Mann am Feuer allen Fragen zuvor. *Setzen sie sich ruhig hin und wärmen sie sich auf. Ich erzähle den Kindern und ihren Tieren gerade eine Geschichte.*

Langsam kehrte wieder Ruhe ein, und die

beiden Fremden wunderten sich über einen solchen Empfang.

Sie hörten die Geschichte vom Regenbogen, der bis ans Ende der Welt wanderte, und die von der Hexe, die alle lieben Menschen gesund machen konnte und alle bösen krank. Die beiden Eindringlinge rutschten unruhig auf ihren Matten hin und her. Trotzdem trauten sie sich nicht, etwas zu sagen. Der Mann erzählte weiter, während er einem kleinen Mädchen zärtlich über das Haar strich. *Im Reich der tausend Kerzen lebte einmal ein weiser Mann, der lebte in den Tag hinein, weil er wußte, daß ihm nichts passieren konnte, solange er bei sich war.*
Die beiden Herren verstanden wenig von den Geschichten, die der Mann den Kindern

erzählte, aber sie spürten seine Macht. Sein Bann wirkte und sie hätten sich gerne von ihm befreit.

Als der Mann mit seiner Geschichte das Reich der tausend Kerzen verlassen hatte, entschied er, es sei jetzt Essenszeit und verabschiedete die kleinen Zuhörer mit einem Klaps auf den Hintern.

Nachdem alle gegangen waren und viele kleine Fußabdrücke im Strand hinterlassen hatten, fragte der Mann mit ruhiger Stimme: *Was wollen sie hier?* Monkey haspelte los: *Habe ich doch schon gesagt. Glück haben wir gehabt, daß wir nicht ertrunken sind, als unser Schiff sank. Wir brauchen neuen Treibstoff, weil wir nicht sicher sind, ob die Kanister*

noch bis zum Festland reichen. – Wo sind die anderen? fragte der Mann in scharfem Ton. Keine Ahnung, antwortete der Dicke in dem vornehmen Anzug, der nicht mehr vornehm aussah.
Ich biete ihnen 10.000 Dollar, wenn sie mit uns fliegen und ihre Geschichten in meiner Fernseh=anstalt erzählen, sagte der Dicke und ver=suchte, sich eine naßgewordene Zigarette anzumachen. Lebendigsein ist nicht käuflich, antwortete der Mann, der die Träume ver=schenkte, und verließ seine Hütte, um allein zu sein. 20.000, rief es hinter ihm her. Aber er drehte sich nicht mehr um. Monkey und sein Chef liefen verstört durch den Regen wieder zu dem Hub=schrauber, leerten Reservekanister in die Tanks und flogen in den dunklen

Himmel über Azurien davon.

Der Mann setzte sich auf einen Stein, zog die Knie an den Körper und riß mit einem Ruck ein Haar an seiner Wade heraus. *Jetzt*, sagte er leise vor sich hin.

Irgendwann würde er den Kindern und den Affen die Geschichte von dem verwunschenen Nadelstreifenanzug und dem Vogelkäfig weitererzählen, dann nämlich, wenn eines der Kinder ein Teil des Hubschraubers als Strandgut finden würde.

Als dem Mond das Licht ausging
ausgedacht von Konrad,
abgeschrieben und illustriert von Jörn

Das Mondloch, so lautet die Legende, war zu einer Zeit entstanden, als die Welt noch ein Ganzes war. Alles war dort, wo es hingehörte, in Übereinstimmung mit sich und der Welt: Die Gestalt der Dinge im Geiste und in ihrer Körperlichkeit hatten ein Wesen, die Tage waren hell, und die Nächte waren dunkel.

Damals hing der Mond noch am Rockzipfel von Mutter Erde. Er lebte rundherum einen guten Tag und eine behütete Nacht.

"Mutter", fragte er eines Tages die Erde,

"was geschieht eigentlich
mit der Sonne, wenn sie hinter
Dir verschwindet, was verbirgt sich
überhaupt hinter Deinem Horizont...?"

"Hoho!" lachte da die Erde, stolz über
Ihren aufgeweckten Sohn, "geh hin und
schau nach!"
So machte sich der Mond auf die Wanderschaft.

Solange er mit den Beinen auf der
Erde blieb, war alles in Ordnung. Sie
ließ ihn Ihre Allgegenwärtigkeit spüren,
denn Sie erwiderte seine Berührungen mit der verläßlichen
Härte der Steine, dem behutsamen

Staub des Windes
und dem anschmiegsamen Auftrieb
des Wassers. Und er bewunderte
Ihre Schönheit, Ihre Ausgeglichenheit
und Natürlichkeit mit der ganzen Kraft
seiner kleinen, runden Seele.
"So wie Du", rief er begeistert, "genauso
wie Du möchte ich einmal werden, so
weit und offen und vielgestalt!"
Und Sie antwortete mit einem leichten,
gefälligen Beben und ließ ihn hüpfen.

Doch dann begannen sich die Bilder
zu wiederholen. Die Felsen waren
härter, die Wüsten heißer und die
Meere viel, viel kälter als in der
Erinnerung. Und hier, so
erzählt die

Legende weiter, genau hier, als er an dieser Stelle auf dem Rücken lag und in die Sterne blinzelte, stellte sich ihm die Frage nach seiner eigenen Laufbahn. Ihn erfaßte ein nie gekanntes Fernweh, daß ihn in seinen Gedanken höher und höher, mitten unter die Sterne fallen ließ.

"Mutter", rief er, "ich habe Dich nun so gut kennengelernt, daß ich Dich nie vergessen werde. Doch es ist jetzt an der Zeit, da ich Dich verlassen und in das Universum wandern möchte!"

"Kügelchen ....", reagierte die Erde erschüttert, "was sind denn das für Ideen .... Bin ich dir denn nicht immer eine gute Mutter ... sag, bin ich denn nicht die beste Mutter von der Welt?!"

"Aber ja doch!" erwiderte der Mond, "deshalb wirst Du ja auch sicher verstehen, daß ich meinen eigenen Weg gehen möchte. Und um den zu finden, muß ich frei sein, frei wie ein Stern! Und ich möchte scheinen wie ein Stern!"

Niemand ist frei!" entgegnete die Erde schroff. "Sich vorzustellen, daß man frei und unabhängig sein kann, ist eine Dummheit! Überall hat man sich den bestehenden Gesetzen, den dort vorherrschenden Bedingungen zu unterwerfen. Sieh mich an: auch ich bin gezwungen,

um die Sonne zu
kreisen. Und die Sonne wiederum
dreht sich um das Zentrum der
Milchstraße. Wir bewegen uns alle auf
einer vorgeschriebenen Bahn!"

"Eben deshalb muß ich mich ja endlich auf
die Suche danach machen!" rief der Mond,
der tatsächlich nicht auf den Kopf gefallen
war, "Oder bist Du es, die mir meine Bahn
vorschreiben will?!"
"Und was das Scheinen betrifft...," wurde
die Erde laut, "die einzige, die von uns
scheint, ist die Sonne. Du wirst nie-
mals mehr scheinen als ich. Und ich
bin schon vor X-Millionen Jahren
erkaltet. Du aber bist ein
Teil von

mir! Hier ist dein Zuhause ...! Hier gehörst du hin! Oder willst du deine arme alte Mutter unglücklich machen?!"

"Erde zu Erde ..." sagte der Mond.

Und es gab noch viele solcher unangenehmen Aussprachen.

Doch was sich der Mond einmal in seinen großen runden Kopf gesetzt hatte, das ließ ihm keine Ruhe. Nachts versuchte er die Tierkreiszeichen der Sterne zu deuten. Dabei liebäugelte er besonders mit dem Steinbock, dem man ein dickköpfiges Verhalten nachsagte. Er faßte einen Plan.

"Heh!" rief

er dem Wind zu, als
der gerade vorüberkam, "hör
doch mal! Kannst du mich nicht
auf die gegenüberliegende Seite der
Erde bringen?!"
Der Wind hielt die Luft an. "Dort möchte ich ihre Strahlen einfangen und auf die Nachtseite der Erde zurückwerfen."

Der Wind, der die Erde zu kennen glaubte wie ein stürmischer Verehrer die Frau seiner Wünsche, ließ seinen pfeifenden Atem vernehmen:
"Und was sagt Sie ... was sagt die
Frau Mama dazu ...?"
"Mutter wird sich freuen!" rief der
Mond vergnügt und bekam
einen

verschwörerischen Schimmer. "Doch ich muß dich um dein Stillschweigen bitten. Sie weiß noch nichts davon; ich will Sie damit überraschen!" Wieder pfiff der Wind, der nicht so sicher war, ob sich die Erde über die Beleuchtung Ihrer Schattenseite freuen würde.

"Da ist dir ja gewissermaßen ein "Geniestreich" eingefallen. Ich kenne das. Ich selbst leide manchmal unter so windigen Ideen. Eine meiner letzten war es, Berge zu versetzen ... Eisberge. Das hat mir die Erde bis heute nicht verziehen: Die Eiszeit. Uiiii... da kann man nichts machen...

... da bringen einen auch
die guten Ratschläge Anderer
nicht weiter ... da muß man durch, und sei
es auch nur, um festzustellen, daß es doch
kein so guter Einfall war ...."
Der Wind hatte sich gelegt und betrachtete
den Mond wie ein großes, neugieriges
Tier.
"Doch leider Kann ich dir nicht helfen!
Ich darf es mit der Erde nicht ganz ver-
derben. Ich kann den Abstand zu Ihr ein-
fach nicht so groß werden lassen, wie es
deine Idee verlangt. Nur wenn ich Ihr
nahe bin, vermag ich meine ganze Kraft
zu entfalten! Das wirst du doch sicherlich
verstehen!"
Der Mond verstand nicht.
Doch er

hatte Verständnis.

"Ich werde dir den Vogel Greif vorbeischicken..." briste der Wind wieder auf, "ein alter Weggefährte, mitdem ich in den Sturmjahren so manchen Streich ausgeheckt habe. Vielleicht kann der dir weiter helfen."

Der Greif war der mächtigste Vogel unter der Sonne. Wenn er die Flügel ausbreitete, warf er einen Schatten, für den ein Sperlingsvogel einen Tagesflug brauchte, um ihn zu durchmessen.
Als er von dem Plan des Mondes erfuhr, stieg er sogleich steil auf und schwang sich auf den Wind. Zwischen schweren Flügelschlägen krächzte er vor sich hin:

"Was bildet der sich eigentlich ein!? Was glaubt er denn, wer er ist!?"
Dann stellte er sich drohend vor den Mond in die Sonne.

"He, Greif!" rief der Mond erwartungsvoll, "gut, daß du so schnell vorbeikommst! Sag mal .... Kannst du auch machen, daß es richtig Nacht wird? Das fände ich großartig!"
"Natürlich ..." entgegnete der Greif und setzte zum Sturzflug an, "natürlich kann ich auch machen, daß es für dich richtig Nacht wird ..." Dann rauschte er haarscharf über ihn hinweg und ließ ihn in einer Staubwolke herumwirbeln.

"Ich kann noch ganz andere Sachen machen!" Er stand jetzt wieder drohend vor der Sonne, "ich kann dir zum Beispiel Beine machen, wenn du dich an dem Sonnenlicht vergreifst!"

"Sag mal ...", der Mond rappelte sich wieder auf, "was nimmst du dir heraus, du ... du Auerhahn!"

"Ich nehme mir heraus ...", krächzte der Greif von oben herab, "der Hüter des Sonnenlichtes zu sein .. und ich habe mit einem Auerhahn so viel gemeinsam, wie du mit einer Wassermelone!"

"Aber ... aber ...", der Mond schlug einen beschwichtigenden Ton an, "ich will doch nur, daß es Nacht wird, damit ...

ich will doch nur, daß
du mich irgendwo an den Nachthimmel
stellst, wo ich widerscheinen kann!"
Die Stimme des Vogels überschlug sich:
"Du eingebildetes Mondgesicht! Sollte
durch deinen Hochmut, deine Wichtigtuerei
ein einziger Sonnenstrahl verlorengehen,
so werde ich meines Amtes enthoben und
in die Nacht verstoßen, die mir dein
trügerischer Schein dann auch noch zur
Hölle macht!"

Bedrohlich fuhren seine Fangklauen
durch die Luft: "Das werde ich zu verhindern wissen!"
Der Mond machte ein fassungslos-rundes Gesicht: "Ich
will doch nur

das Sonnenlicht auffangen,
das an der Erde vorbeischeint
und sowieso verlorengeht!"
"Verlorengeht ... verlorengeht ...", krächzte der Vogel, "im Universum geht nichts verloren.
... verloren ist einer, der sich in seine Hirngespinste versteigt, verloren bist du, wenn du nicht die Finger davon läßt!"

"Und ferner ..", der Mond ließ sich nicht beeindrucken, "ferner werfe ich sogar die eingefangenen Strahlen auf die Erde zurück!"
"Wer sagt mir denn ...", plusterte sich der Vogel auf, "daß du dir die eingefangenen Strahlen nicht zueigen machen und auf deine schwarze

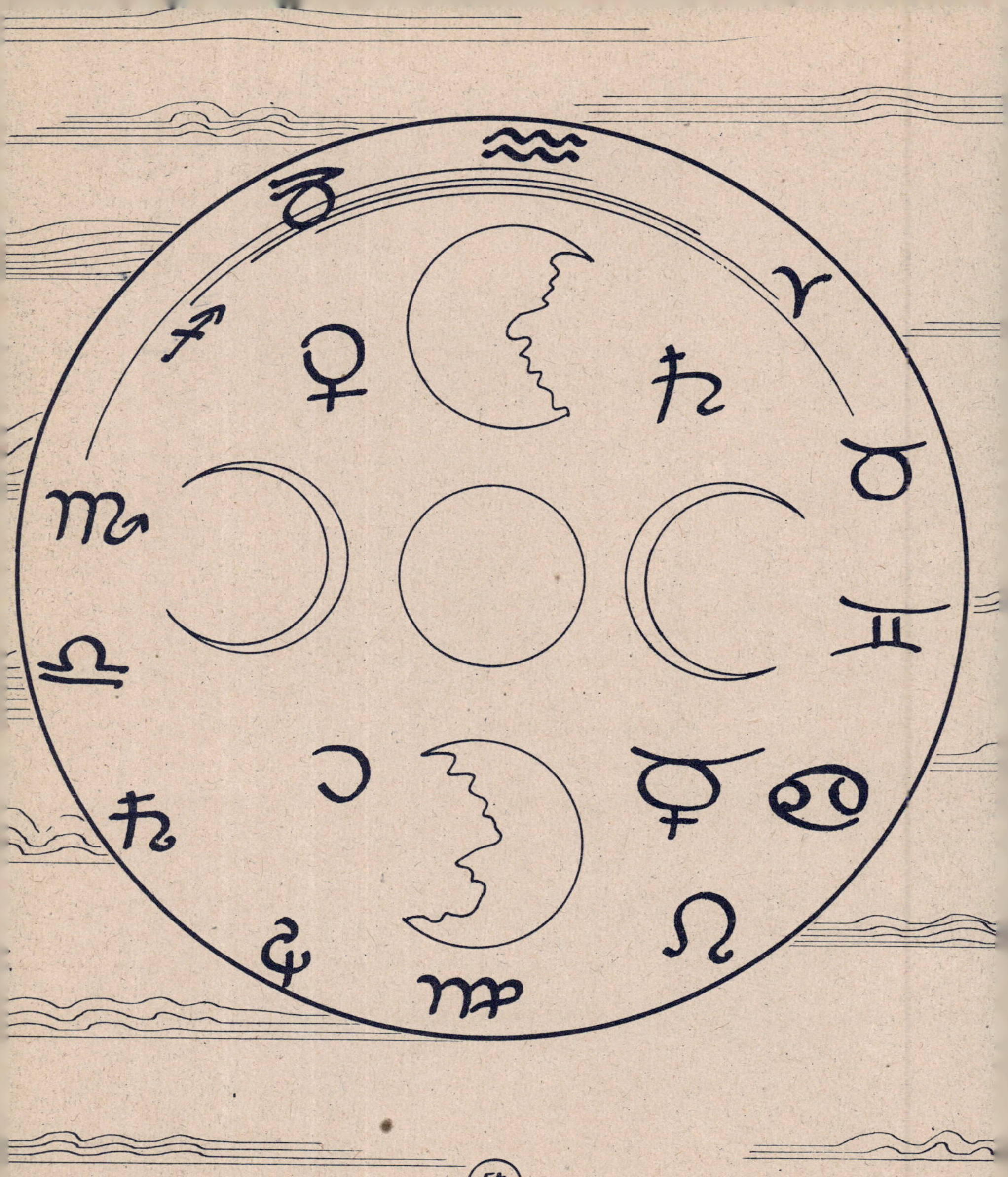

verlorene Seele richten
wirst ...?"

Jetzt erst spürte der Mond die Kälte, die der Greif vor sich ausbreitete, wie einen Schneeteppich.

"Denn wenn du das, was du zurückstrahlst, nicht nachempfindest, dann nützt das ganze Reflektieren nichts!"

Nein, mit dem Vogel Greif war wirklich nicht zu reden. Der Mond zog sich in den weiten Raum seiner Träume zurück und schlug die Tür hinter sich zu.

Immer dann, wenn der Greif eine längere Zeit am Himmel Wache stand, verfingen sich die Wolken in seinem mächtigen Gefieder und regneten ab.

Mutter

Erde haßte diesen Dauerregen. Er machte Sie krank, weichte Sie von innen heraus auf, unterspülte Ihr Selbstbewußtsein und ließ Sie von einem Zusammenbruch in den anderen fallen.
Der Mond dagegen genoß den Regen. Er riß den Mund weit auf, um sein Lachen auf der Zunge zu spüren. Dabei schwamm er selbstvergessen in dem Wasserloch seiner Vorfreude und verbreitete kreisrunde Wellen der Zuversicht.

Die Erde hatte schließlich vom Regen genug.
Sie zitierte den Greif auf das "Hohe Ufer". Doch der schickte den Wind.

Er fegte über den Uferrand: Der Großgreif sei verhindert und könne nicht vor Sonnenuntergang kommen ... und gleich war er wieder fort. Die Erde war schon unangenehm berührt, bevor der Greif endlich mit einem Platzrütteln auf Ihr niederging.

"Was nimmst du dir heraus, du Vogel?!" empfing Sie ihn, "Wieso kommst du erst jetzt?"

"Weil ...", er ordnete gewichtig sein Gefieder, "ich habe überhaupt keine Zeit!"

Die Erde kochte innerlich.

"Was gibt es Wichtigeres zu tun, als meinem Ruf zu folgen!?"

"Madame ...", der Greif, der nur auf dieses Gespräch gewartet hatte, gab sich beunruhigt, flatterhaft, "Sie sehen mich hier in höchster Alarmbereitschaft! Es gilt einen Langfinger zu beschatten, der es auf das Sonnenlicht abgesehen hat!"

"Welches Sonnenlicht!?" rief die Erde, "ich habe schon seit langem keine Sonne mehr zu spüren bekommen, ich fühle mich starr, leblos, beklommen ...!"

"Aber Madame ..." der Greif reckte den Kopf und glättete selbstgefällig sein Gefieder, "was kann Ihnen das schon ausmachen, jetzt, da man die Nacht zum Tage machen will ?!"

"Die Nacht zum Tage ?!" die Erde zitterte leicht, "was ist das für ein dummes Geschwätz!?"

"Das ist kein dummes Geschwätz, Madame,

das ist beschlossene
Sache!"
"Greif!" die Erde mußte an sich halten, "erkläre dich!" "Nun...", der Vogel wechselte das Standbein und genoß das Wissen um die Dinge, "die Sache hat nur ihre zwei Seiten, die Licht- und die Schattenseite: Madame ... wenn man Ihre Nacht, so, wie es geplant ist, mit einem Irrlicht- denn anders vermag ich einen Himmelskörper, der die Strahlen der Sonne als die Seinen ausgibt, nicht zu nennen- durchlöchert, dann bedeutet das zwar für Sie eine zusätzliche Beleuchtung, doch gleichzeitig - und das bitte ich nicht zu unterschätzen - setzen Sie sich der Neugierde Ihrer Bewohner

aus, die sich Ihre verborgene Seite sicher einmal näher ansehen werden ...!
Dies alles scheint Ihrem Söhnchen gar nicht klar zu sein!"
"Meinem Söhnchen ... ?!"
"Ja, wissen Sie denn wirklich nichts davon!?"
Die Erde bebte, und der Vogel öffnete instinktiv die Schwingen.
"Muß ich davon ausgehen, daß Sie Ihr feiner, blankgeputzter Sohn hintergeht, wenn er das Sonnenlicht rauben und die Nacht zu seinem Tage machen will!?"

Da verlor die Erde, die vierzig Tage und vierzig Nächte im Regen

gestanden hatte, die
Beherrschung.
Sie explodierte und schleuderte
eine Feuersäule lange erloschen geglaubter Wut in den Himmel.
"Du Taugenichts!" fauchte Sie, "du undankbarer Tagedieb, du bist mein Sohn nicht mehr! Hinaus! Ich will dich nicht mehr sehen! Hinaus aus meiner Atmosphäre!"

Der Mond verstand die Welt nicht mehr.
Er verlor die Leichtigkeit, den Auftrieb und fiel in ein tiefes, bodenloses Loch.
Er fiel und fiel. Doch irgendwann kam er in einen Bereich, in dem sich die Leere, das Gefühl, verletzt, gedemütigt

und ungeliebt zu sein,
in Widerstand verwandelte.
Er kochte. Sein Fall verlangsamte sich und erreichte einen Scheitelpunkt, an dem sich Verzweiflung und Glück, Tiefsinn und Irrsinn, Beherrschung und Tobsucht die Waage hielten. Für einen kurzen, endlosen Augenblick verharrte er als Nabel der Welt, als Sandkorn im Auge des Zyklons. Dann stürzte er, einer Kanonenkugel vergleichbar, in die entgegengesetzte Richtung davon.

Als sich die Erde wieder beruhigt hatte, war der Mond über alle Berge.

Da steht er heute
noch.
Doch er hinterließ eine Lücke,
eine tiefe Wunde zwischen Tag und
Nacht, hell und dunkel, Himmel und
Hölle : Er hinterließ das Mondloch.
Und aus Ihm Kroch die Kalte Wut
an die Erdoberfläche, die Mißgunst, die
Eifersucht und die Berechnung. Seitdem
jagt der Vogel Greif, der in die Nacht
verbannt wurde, seinem verlorenen
Schatten nach. Seitdem, so erzählt die
Legende, gibt es Tag- und Nachtvögel.

Die Erde, die es nicht ertragen
Konnte, daß sich der Mond ganz
von Ihr löste, bot all Ihre
Kraft auf

und ließ ihm an dem unsichtbaren Band seiner Herkunft um Sich kreisen. Auch konnte Sie es nicht mitansehen, daß er die Erleuchtung durch die Sonne erfuhr. Sie drängte sich dazwischen.

So kam es, daß man den Mond nur in wenigen Nächten ganz zu sehen bekommt. Doch wenn er einmal sein volles, blasses Gesicht zeigt – "Er war schon immer ein so blasses, empfindliches Kind" –, dann bricht sich auf der Erde die alte Sehnsucht Bahn: Im Schrei der Tiere, die den Mond anbeten, in der stummen Hingebung der Mondsüchtigen und im Wasser, wenn es sich in den Gezeiten ihm entgegenwölbt.

Adrian
ausgedacht von Uli
abgeschrieben und illustriert von Brinja

Jeden Tag geht irgendwo ein junger Mensch von zuhause fort. Er begibt sich auf die Suche nach seinem Leben, das er dann leben will.

Adrian hatte sich zuvor heimlich nach dem Leben erkundigt. Dabei hatte er von der Liebe gehört. Seine Eltern redeten von einem, der über sie wache und sie vielleicht gnädig verschenke. Man müsse für sie schon viel Gutes tun, sagten sie. Auch ehrlich sein. Als Adrian seinen Spielkameraden erzählte, wie oft und unversöhnlich seine Eltern stritten, hatten ihn die Eltern ausgeschimpft. So würde er nie ein guter Mensch. Dabei täten sie ihm doch so viel Gutes. Adrian war hilflos. Obwohl seine Eltern ihm Unrecht taten, mußte er sie lieben. Wenn er sie liebte, durfte er ihnen ihr Unrecht nicht ehrlich vorhalten. Auch hatten sie Adrian ein Schlüsselchen gegeben. Auf der einen Seite stand: Erwachsene haben immer recht; auf der anderen: Kinder haben nie recht. Adrian war traurig. Hin und wieder hätte auch er gerne recht gehabt. Er wollte sich gerade dieses Gedankens schämen, als er eine Stimme in sich hörte: „Dann kannst du doch machen, was du willst." „Ja, ich kann machen, was ich will, ich werde nie recht haben." „Aber du könntest suchen, was Liebe ist." „Wo soll ich denn da suchen?" „Halte einfach Augen und Ohren offen. Es sind ja neben deinen Eltern auch noch andere, bei denen du suchen kannst." „Sag' mal, wer bist du überhaupt? Bist du der Teufel?" „Ich will dir nichts Böses."

Adrian unterhielt sich noch so manches Mal mit der Stimme in sich. Manchmal verstand er sie, aber oft hatte er keine Zeit, ihr richtig zuzuhören. Jedenfalls begann er zu suchen.

Er erlebte das Mädchen, das ihm gegen die Raufbolde aus seiner Klasse half. Und den

Opa, der ihm nach einem Sturz die Hosen abwischte und sich mit ihm freundlich unterhielt. Und wie Kinder ihm sagten, daß sie ihn mochten, und gern mit ihm spielten.

All diese Erlebnisse gab er der Stimme zur Verwahrung. Wenn er ihr dann wieder zuhörte, zeigte sie ihm seine gesuchten Freunde. In diesen Augenblicken fühlte sich Adrian den Erwachsenen nicht mehr so ausgeliefert. Da war er nicht mehr so einsam mit sich.

Als Adrian ein junger Mann geworden war, begann er, sein Leben zu suchen. Sein Leben, oder eben die Liebe. Eines Tages verließ er das Elternhaus. Seine Mutter gab ihm heimlich einige Ratschläge mit auf den Weg, und steckte ihm eine schöne Menge Geld zu. Auch Adrians Vater gab ihm heimlich jene Ratschläge ins Ohr und steckte ihm eine schöne Menge Geld in die Jackentasche. Für den Abschied blieben die Eltern sogar noch eine Weile stehen – Arm in Arm, was sie schon lange nicht mehr getan hatten. „Sie werden schon auch wieder auseinanderfinden", dachte sich Adrian und blickte sich nicht mehr um. Die Ratschläge hatte er schon fast vergessen, als er das Geld zählte. Es war mehr als er gedacht hatte. So war er zufrieden, und setzte seine Reise unverdrossen fort. Adrian gelangte in ein Städtchen. Die Straße, auf der er gekommen war, durchzog das ganze Städtchen und führte dann weiter zur nächsten Stadt. Hier wollte er eine Weile bleiben und suchen, was er suchte. Die Leute waren nicht unfreundlich und gaben Adrian Arbeit, damit er seine Wohnung und sein Essen bezahlen konnte. So sparte Adrian das Geld seiner Eltern. Dafür wurde er gelobt. Denn man könne ja nie wissen, was da noch kommen werde, und Geld beruhigt halt ungemein. Adrian vergaß bei aller Arbeit aber nicht das Suchen. Mittlerweile dachte er, die Liebe bei einer Frau suchen zu müssen. Ihm wurde von Frauen berichtet, die vorgaben, schlech-

te Erfahrungen mit Männern, sogar mit ihren Vätern gemacht zu haben. Jetzt mißtrauten sie allem, was männlich aussah. Wie er das alles hörte, verzog er keine Miene. Denn insgeheim vernahm er wieder die Stimme in sich. „Adrian, diese Frauen müßten dich verstehen können. Sie sind wie du auf der Suche nach dem Leben. Daß man schlechte Erfahrungen mit Männern, auch wenn sie Väter sind, machen kann, hast du selbst erfahren. Denke an deinen Vater, wie mächtig und erwachsen er war, als du ihm gehorchen mußtest. Denke an die Männer dieses Städtchens. Jeder ist auf seinen eigenen Vorteil aus. Keiner von ihnen versucht, das Leben zu suchen. Sie meinen, es schon gefunden zu haben, wenn sie ihren Dreck in den Garten des Nachbarn schütten und dann vor dem Städtchen mit ihrer Tüchtigkeit glänzen können. Ihre größte Angst ist, nicht als tüchtig zu gelten. Ihre Kinder müssen bedingungslos gehorchen, und dürfen ihre Traurigkeit darüber nicht zeigen. Und die Frauen hier? Sie sind besessen, wie die Männer, und traurig wie die Kinder. So suche deine Liebe bei diesen Frauen. Du erkennst sie an ihren Reden und an den Farben, die sie tragen."

Das wollte Adrian tun. Henna war so eine Frau. An ihren Körper schmiegten sich Gewänder, flossen Tücher in allen Tönungen einer Mi~schung aus blau und rot. Ihr Gesicht schaute Adrian ungeschminkt an. Das beein-druckte ihn. Die anderen Frauen taten immer so, als wenn sie vorbeisähen, wenn sie mit ihm sprachen. Adrian ging auf Henna zu. Sie spiel-ten das Spiel des Kennenlernens. Sie hatten Ähnliches erlebt. Jedoch war es Henna immer etwas schlechter ergangen. Denn sobald Adrian mit vielen Worten von seiner Hilflosigkeit re-dete, schnitt Henna ihn damit ab, daß sie und alle Frauen schon seit mehr als 2000 Jahren unterdrückt seien. Die Frauen hätten recht, und die Männer nicht. So mußte Adrian schuldig schweigen, ohne sich einer Schuld bewußt zu sein. Dennoch spielten sie sich die Liebe vor. Adrian glaubte indessen an seine Schuld als Mann und versuchte, sie abzutragen. Henna lud ihm immer neue Schuld auf. Die Schuld wurde wie Backsteine zu Mauern aufgeschichtet. Adrian brüllte verzweifelt gegen diese Mauern an. Ihr Vertrauen zueinander fand keine Sprache, und so wurden sie mißtrauisch. In ihrer Angst, sich auszuliefern, schwiegen sie bald. Manchmal weinten sie noch zusammen, dann waren sie sich noch am nächsten. Bis Henna sagte: „Du raubst mir den Atem. Ich muß von dir weg, weiter mein Leben suchen." Traurig und verzweifelt blieb Adrian zurück. Er hatte es doch mit ihr zusammen suchen .... versuchen wollen. Er fühlte sich von Henna mißverstanden und ungerecht behandelt. Aber er dachte: „Bin ich nicht alleine von zu Hause fortgezogen? Ich werde auch alleine weitersuchen können."

Er zog auf der Straße fort. In den Städten spielte er mit den Frauen das Spiel des Kennenlernens, das Spiel der Liebe, um sie dann wieder hinter sich zu lassen. Von manchen Frauen hörte er später, wie sie „glücklich" wurden bei einem harten Mann, mit dem sie viele Kinder hatten. Manche suchten ihr Glück bei anderen Frauen. Manche blieben auf der Suche – wie Adrian.

Immer wenn Adrian eine Stadt verlassen hatte, fühlte er sich erwachsener und leerer. Adrian meinte, um seine Leere und seine Einsamkeit spanne sich nur noch eine dünne Haut. Er wollte auch diese noch zerschneiden. Das könne nur noch ein leises Zischen geben, und er wäre eins mit dem Nichts, dachte Adrian. Da hörte er nach langer Zeit die Stimme in sich. Ganz leise und zart. Es dauerte eine Weile, bis er sie verstehen konnte. Er mußte sich richtig anstrengen, um sie zu hören. „Geh' weiter, geh'!" „Warum sollte ich?" „Was hast du schon zu verlieren?" „Nun gut, aber wohin soll ich gehen?" „Suche weiter. Suche dein Tor!" „Mein Tor? Wo soll ich denn hier ein Tor finden?" „Geh' weiter, geh' endlich!" Adrian stand von seinem Bett auf und suchte das Tor. Schließlich fand er ein riesiges, schwer beschlagenes, schwarzes Tor. Sooft er hier auch entlang gegangen war, es war ihm nie aufgefallen. „Wie konnte ich das nur übersehen?" „Du mußt es öffnen!" „Wie soll ich dieses riesige Tor denn öffnen können?" „Mit dem Schlüssel natürlich!" Da erinnerte sich Adrian des kleinen Schlüssels, auf dem geschrieben stand: Erwachsene haben immer recht... Kinder haben nie recht! Adrian fand eine kleine Klappe. Als er diese beiseite schob, war dahinter ein kleines Schlüsselloch verborgen. Er steckte das Schlüsselchen hinein und drehte es dreimal herum. Das riesige Tor knarrte. Aus den Fugen staubte der alte Dreck. Und als sich das Tor mit einem grausigen Stöhnen auftat, sprang Adrian entsetzt zurück. Mit einem lauten Krachen schlugen die Flügel auseinander. Adrian hatte nun einen freien, weiten Blick erwartet. Stattdessen trafen seine Augen auf ein neues Hindernis: Ein anderes Tor, merklich kleiner als das erste. Adrian wurde mutlos und wollte aufgeben. „Suche weiter, bis jetzt bist du auf dem richtigen Wege." „Wieviele Tore kommen denn da noch?" „Ich habe nicht gesagt, auf deiner Suche sei nur ein Tor!" „Aber wie soll ich das dort aufmachen? Der Schlüssel steckt doch noch in dem großen Tor. Soll ich ihn wieder herausziehen?" „Um Gottes willen – nein! Dann wärst du verloren!" „Was soll ich tun?" „Geh näher an das Tor heran." Adrian tat wie ihm geheißen. Als er vor dem Tore stand, sprach eine mächtige Stimme: „Gib mir die Ratschläge deiner Eltern. Sage sie laut auf und vergiß sie!" „Aber wie soll ich ...?" „Gib mir die Ratschläge deiner Eltern ..." „Die habe ich verloren..." „Sage sie laut auf und vergiß sie!" „Aber wie soll ich sie vergessen, wenn ich sie laut aufsage?" „Gib mir die ..." „Es hat keinen Sinn. Ich gebe auf," sagte Adrian leise. Doch er gab nicht auf. Zumindest wollte er sich nicht mehr umbringen.

Er dachte kaum noch an die Tore, als er sich eines Abends auf eine Parkbank zu einem alten Mann setzte. „Warum siehst du so verbittert aus?" fragte ihn Adrian. „Mein Leben geht zu Ende. Ich habe mich immer an das gehalten, was meine Eltern gesagt haben. Trotzdem war ich nie glücklich." „Hast du keine Kinder, die dich lieben?" „Ich habe Kinder, aber sie lieben mich nicht. Ich gab ihnen alles, was ich hatte, auch die Ratschläge meiner Eltern. Aber auch sie sind damit nicht glücklich geworden." „Was waren das für Ratschläge?" „Ach das waren viele. Sie haben mir scharfe Kanten an den Ellenbogen gemacht. Trotzdem bekam ich nicht

das, was ich eigentlich wollte. Ich weiß garnicht mehr, was ich eigentlich wollte ... was ich will!" Da hielt Adrian es nicht mehr aus: „Ich muß das Tor wiederfinden!" Der Mann brabbelte noch weiter, als Adrian schon ein gutes Stück gelaufen war. Höflichkeit hin, Höflichkeit her.

Er war noch nicht außer Atem, als er die weitgeöffneten Torflügel des ersten und die noch verschlossenen des zweiten Tores sah. „Gib' mir die Ratschläge deiner Eltern, sage sie laut auf und vergiß sie!" dröhnte es ihm wieder entgegen. Da kamen sie aus den hintersten Winkeln seines Gehirns gekrochen und erreichten das Licht seines Bewußtseins. Er schrie sie alle dem Tor entgegen. Wut und Trauer waren in seiner Stimme. „Sage sie nochmal laut auf!" Er konnte es nicht mehr. Er stand nun unbelastet vor dem Tor. Er war frei. Ganz leicht glitten die Torflügel auf. Ohne zu zögern, schritt Adrian hindurch.

Es war für Adrian eine solche Schönheit in dem was er sah, daß er zu weinen begann. Er weinte seine Trauer darüber heraus, daß alles wohl immer schon so schön gewesen war, ohne daß er es aber zuvor hatte wahrnehmen können. Dann lachte er. Und alles um ihn herum schien mit ihm zu lachen. Adrian hatte sich in einem Spiegel gesehen. Darum mußte er so lachen. Denn er war genauso schön, wie alles andere um ihn herum.

Wenn du ihn sehen kannst, grüße ihn von mir.

Die Lust, den Seifenblasen zu folgen

ausgedacht von Ilka

abgeschrieben und illustriert von Jörn.

Es war einmal ein König. Der lebte in einem Land, in dem es fast nur Könige gab. Dieser König hatte alles, was man sich nur vorstellen kann. Unter anderem besaß er ein gekacheltes Badezimmer mit einer riesigen Badewanne, die immer warmes Wasser enthielt, so daß er baden konnte, so oft er wollte. Wenn er dann in der Wanne saß – und das geschah sehr häufig – grübelte er über den Sinn des Lebens nach. Dazu ließ er den Seifenschaum blubbern und freute sich an den bunten Seifenblasen, die gleich seinen Gedanken emporschwebten, an der Decke seines Badezimmers hängenblieben, um nach einiger Zeit zu zerplatzen.

"Ach", seufzte er dann, "auch wenn ich ein König bin, so bin ich doch wie alle anderen und werde nie so frei und unbeschwert über alle Welt schweben

können wie diese Seifenblasen. Wie ich sie beneide. Jede ist so bunt und schillernd und in ihrer Gestalt einzigartig."
Als er sich abtrocknete, dachte er: "Wenn ich immer nur dasitze, wird sich nie etwas ändern."
Er beschloß, in den Keller zu gehen, um seine Zauberdose zu befragen.
Jahrelang hatte der König versucht, die Zauberdose zu öffnen, aber bisher waren all seine Bemühungen vergeblich gewesen. Und was hatte er nicht alles probiert?!
Natürlich hatte er absolut keine Lust, von irgendeinem Menschen bei seinen Versuchen überrascht zu werden. Deshalb hatte er sich eine kleine Kammer abseits von allem anderen eingerichtet, in die er sich hin und wieder zurückzog, wenn seine Geschäfte es zuließen.
"Wenn die Menschen doch nicht so neugierig wären,

Könnte ich ja einmal jemanden fragen", dachte er, als er das kleine Kämmerchen aufschloß.
Denn selbst, wenn ihn jemand daraufhin angesprochen hätte, niemals hätte er zugegeben, überhaupt eine solche Dose zu besitzen, geschweige denn, daß er unfähig war, sie zu öffnen. Daß ein Geheimnis dahinter steckte, dessen war er sich sicher. Da er immer älter wurde, wurde er auch immer ungeduldiger.
Deshalb ließ er auch nicht locker und verbrachte jeden Tag einige Zeit mit der Dose.
Sie war sehr klein und zierlich gearbeitet, und wenn er sie in seinen Händen hielt, vergaß er alle Ängste und Sorgen. Er liebte das glatte, abgerundete Holz, die zierlichen Scharniere und die unbestimmbare Farbe.
Es konnte vorkommen, daß ihm an einem Tag, an dem er sich besonders bedrückt fühlte, die schönsten Farben, ähnlich denen eines Regenbogens, entgegenleuchteten, während sie an anderen Tagen eine tiefe,

unergründliche Schattierung zu haben schien, die er nicht so recht einordnen konnte. Manchmal, wenn er ins Grübeln kam, stellte er der Zauberdose die Fragen, die ihn zutiefst beschäftigten. Nicht, daß er wirklich eine Antwort bekommen hätte, aber er wurde auf geheimnisvolle Art und Weise inspiriert. Alles in allem war er ein recht fröhlicher und zufriedener Mensch, aber gerade das störte ihn. Er wollte etwas Außergewöhnliches vollbringen, etwas, das noch keiner vor ihm vollbracht hatte.
Da es aber schon alles gab, was man sich vorstellen kann, sämtliche Kontinente bekannt und alle Planeten im nahen und fernen Umkreis bereits erobert waren, war der arme König ganz ratlos.
Denn um von seinen Leuten geachtet zu werden, mußte man schon etwas vorweisen können, das sichtbar war: materielle Güter, die sich messen ließen in Größe, Gewicht, Metern oder gar Quadratkilometern.

Seine Träumereien behielt er lieber für sich, dafür würde er höchstens ausgelacht werden. Es war zwar nicht so, daß der König mit seinen Gedanken alleine dagestanden wäre, aber in der Öffentlichkeit trug man solche Dinge nicht, man dachte sie höchstens für sich alleine und verdiente seinen Lebensunterhalt anderweitig.

Außerdem achtete man peinlichst darauf, nicht zuviel von dem verlauten zu lassen, was einen im Innern der Seele beschäftigte.

Das ging soweit, daß selbst die besten Freunde oder die, die sich dafür hielten, einander mißtrauten.

Am schlimmsten war der Neid untereinander. Da alle Könige waren, mußten sich alle schrecklich anstrengen, um sich aus der Masse hervorzuheben.

Dazu waren allerlei Tricks vonnöten, die man niemandem verriet.

Auf die Dauer war es natürlich ungesund, in diesem Zwiespalt zu leben, so daß viele Leute krank wurden

und gar nicht so genau wußten, was ihnen eigentlich fehlte. Die Doktoren gaben sich viel Mühe, die Forscher erfanden immer neue Geräte und Apparaturen, die aber letztendlich nichts halfen.
Der König litt sehr darunter. Deshalb hoffte er inständig, wenigstens ein bißchen ändern zu können, um seinem Land einen Dienst zu erweisen.
Er überlegte tage- und nächtelang. Eines Tages hatte er eine zündende Idee. "Ich werde mich in anderen Ländern umsehen, vielleicht liegt die Lösung unserer Probleme in der Ferne."
So kam es, daß er seine Dose, von der er sich allerlei nützliche Ratschläge erhoffte, einpackte, und mit dem nächsten Traumboot aufbrach.
Er nutzte die lange Reise zu einem tiefen Schlaf. Als er aufwachte, schien die Sonne hoch am Himmel. Er rieb sich schlaftrunken die Augen, und als er sich gerade fragte, wo er wohl gelandet sei, brauste es

in der Luft. Der König konnte eine Gestalt auf einem Fluggerät erkennen, die schnell näher kam und direkt vor ihm landete. Die Gestalt hatte rotes, struppiges Haar, ein freundliches Gesicht mit lachenden Augen und lustigen Sommersprossen. Der König zuckte zusammen. Er hatte äußerst selten mit Frauen zu tun gehabt, - und schon gar nicht mit solchen. Nachdem sie den Staubsauger abgeschaltet hatte, klopfte sich die Frau die lila Latzhose ab und fragte auffordernd: "Wo kommst du denn her?"

Der König starrte sie an, als ob sie von einem anderen Planeten käme und versuchte, sich an die Erzählungen und Beschreibungen über Frauen zu erinnern, denn er wußte nicht so recht, was er sagen sollte. Schließlich murmelte er: "Ich bin ein König aus dem Land der Könige - und Du?"
Sie steckte die Hände locker in ihre Hosentaschen. "Ich bin die Hexe Gertrude. Unser Land heißt

Hexinien und ist sehr groß", wobei sie eine ausladende Handbewegung in unbestimmte Richtung machte. "Hier leben nur Hexen....," Da staunte der König nicht schlecht. "Ich wußte gar nicht, daß es Euch wirklich gibt", sagte er. Gertrude lachte. "Aber wir wissen alles von Euch, denn früher kamen öfter mal Könige zu Besuch. Warum kommt Ihr nicht mehr?" fragte sie.

Da erzählte der König alles, was ihn bedrückte. Er schilderte die Zustände in seinem Land und was ihn hergeführt hatte. Gertrude nickte. "Ich weiß nicht, ob ich dir helfen kann", sagte sie, "aber komm erstmal mit."

Sie stellte den Motor ihres Staubsaugers an und forderte den König auf, sich hinter sie zu setzen. "Aber halt dich gut fest". Das tat der König, denn schon ging es mit atemberaubender Geschwindigkeit los, so daß ihm Hören und Sehen verging.

Aber es machte ihm riesigen Spaß, so über die Landschaft hinwegzubrausen. Er dachte an seine Seifenblasen zu Hause. Als Gertrude einige Loopings flog, wurde er richtig übermütig.
Der Staubsauger setzte sanft auf dem Boden auf, und der König blickte sich erwartungsvoll um.
Von überall her liefen Hexen neugierig zusammen. Gertrude war natürlich stolz, einen seltenen Gast mitgebracht zu haben.
Nachdem ihn alle begrüßt hatten, wurde beschlossen, abends ein Fest zu veranstalten, damit sich der Fremde gleich wohlfühlen sollte.
In Windeseile war alles herrlich und fraulich geschmückt. In den Bäumen schwebten Glühwürmchen, die so hell leuchteten, wie sie konnten. Bunte Pfauen tanzten den Begrüßungstanz, und zarte Schmetterlinge wirbelten in der Luft herum. Auf langen Tischen standen leckere Speisen und Getränke.

Einige der Hexen fingen an, Musik zu machen. Die Instrumente, von denen der König die wenigsten kannte, hatten einen wunderschönen Klang, und mit einem Mal begannen alle zu tanzen. Die Hexen drückten im Tanz soviel Lebensfreude aus, daß der König sich wünschte, mitmachen zu dürfen. "Wenn doch bei uns auch so getanzt würde," dachte er. Aber seine Traurigkeit währte nicht lange. Er fand sich mitten unter den Tanzenden wieder und spürte, wie ihre Kraft und Fröhlichkeit auf ihn überging, so daß er sich von der Musik treiben ließ. Als alle ganz erschöpft waren, rief eine Hexe: "Auf zum See!" Der Tanz ging über Wiesen und Felder durch einen Wald, in dessen Mitte ein großer, klarer See lag, auf dessen Oberfläche sich sanfte Wellen kräuselten.

Einige Hexen begannen, leise zu singen. Ihre hohen und reinen Stimmen sammelten sich in der Luft

zu einer eigentümlichen Tonfolge, so ergreifend und süß, daß der König den Tränen nahe war.
Aber bevor er wirklich zu weinen anfing, geschah etwas Aufregendes. Aus der Stille des Sees tauchte eine Nixe auf, die so schön und vollkommen war, daß dem König der Atem stockte.
Leise tuschelte Gertrude dem König zu: "Das ist die Wassernixe Janolina, sie besitzt die Weisheit aller Lebewesen."
Der Gesang war verstummt, und es herrschte völlige Stille. "Vor langer Zeit gab es ein großes Land." begann Janolina mit sanfter Stimme "Dieses Land war unvorstellbar groß und bedeckte die ganze Erde. Dort lebten die unterschiedlichsten Lebewesen in völliger Harmonie miteinander. Aber eines Tages kam das "Böse Krachen" über sie. Es entstand das Mißverständnis. Keiner konnte mehr den anderen verstehen, die Zwietracht hielt

ihren Einzug. Jedes Lebewesen versuchte, dieser Angst zu entfliehen und seine eigene Haut zu retten. Die Menschen packten ihre Phantasie und Träume in kleine Dosen, um sie niemandem preiszugeben. Aber nach und nach bekam der "Böse Krach" die Gewalt über diese Dosen, was seine Macht festigte, weil er sich die Phantasien und Träume der Menschen zunutze machte. Da die meisten Menschen ohne ihre inneren Schätze nicht mehr leben konnten, gibt es heute nur noch zwei sehr widerstandsfähige Arten, die sich aber in ihrer Lebensweise unterscheiden: die Hexen und die Könige. Ich lebte früher in der ganzen Welt, aber das "Böse Krachen" hat mich hierher verdammt. Dies ist der einzige Ort, an dem ich ungestört leben kann. Meine Gestalt bewahrt mich vor dem Untergang. Immerhin kann ich Euch beschützen, meine Hexen. Denn solange das "Böse Krachen" nicht alle Dosen in seiner Gewalt hat, wird das "Böse Krachen" niemals Ruhe geben."

Mit diesen Worten verschwand Janolina wieder in den Fluten. Die Stimmung war gedrückt, und die eben noch fröhlich tanzenden Hexen machten sich schweigsam auf den Heimweg.
Der König, der lange über die Worte der weisen Nixe nachdenken mußte, konnte an diesem Abend nicht einschlafen. Er kramte seine Dose hervor und betrachtete sie immer wieder. Tausend Fragen schossen ihm durch den Kopf. "Sollte das so eine Dose sein, von der Janolina gesprochen hatte? Beinhaltet sie all das, was ich mein Leben lang vergeblich gesucht habe? Dann hat das "Böse Krachen" immer verhindert, daß ich sie aufbekam? Muß ich sie nicht allen Menschen zugänglich machen, damit sie wieder glücklich werden können? Ich kann doch zumindest ein kleines Stück dazu beitragen."

Er zögerte kurz und schlich sich dann aus dem Haus. An den Weg zum See erinnerte er sich noch gut. Seine Oase würde dort am besten aufgehoben sein, wo das "Böse Krachen" selbst nach seinem Tod keine Gewalt über sie erlangen konnte. Das spürte er jetzt.

Der Weg war lang und beschwerlich. Er schien jetzt viel länger als zuvor. Die Angst kroch dem König die Beine hoch, so daß er am liebsten umgekehrt wäre. Es war ungeheuer mühsam, einen Fuß vor den anderen zu setzen, deshalb kam er nur langsam vorwärts. Der König erschrak vor seinem eigenen Schatten, den das Mondlicht zwischen die Bäume warf. Wildes Geäst zerkratzte ihm das Gesicht, und vom Sturm entwurzelte Bäume, die er beim ersten Mal gar nicht wahrgenommen hatte, lagen über dem Weg. Aber der König wollte das Böse nicht siegen lassen: "Wenn ich jetzt umkehre, wird es mich erdrücken. Es gibt kein Zurück, denn jetzt kann ich endlich etwas Besonderes vollbringen." So redete er sich Mut zu und je näher er dem See kam, desto leichter wurden sein Schritt und sein Herz. Der Wald gewann die Schönheit und Ruhe wieder, die der König kennengelernt hatte. Als er endlich am See angelangt war, warf er entschlossen seine Zauberdose in das Wasser und freute sich an den sich bildenden Ringen.

Aus der Tiefe des Sees drang ein gewaltiges Rauschen und eine riesige glitzernde Fontäne schoß gen Himmel, die den König erfaßte und ihn mit sich fort trug. Während er in die Höhe getragen wurde, vermeinte er die glücklichen Gesichter der Hexen zu sehen. Mit einem Mal fühlte er sich frei und unbeschwert, wie er es sich immer gewünscht hatte. Zum ersten Mal in seinem Leben war er wirklich glücklich.

Vom Zauber der Freiheit

ausgedacht und illustriert von Ingeburg,
abgeschrieben von Astrid.

Der Himmel war blaßblau und sonnenhell, die Erde grasgrün und ein wenig hügelig, dazwischen flogen Schwalben, die Mücken fingen. Sie schwirrten kreuz und quer, schwangen sich empor und ließen sich herabgleiten, spielerisch leicht und doch ernsthaft beschäftigt. Plötzlich kam eine kräftige Böe und trug die jüngste der Schwalben mit sich fort. Sie machte ihre Flügel ganz breit, ließ sich treiben und genoß das wonnige Gefühl, hoch über allen Wipfeln schwerelos dahinzusegeln. In ihrem fliegendem Glück merkte sie nicht, wie sie sich immer mehr von den anderen entfernte, und auf einmal packte der Wind sie so heftig, daß sie zu Boden gerissen wurde. Ehe sie begriff, stürzte sie in ein dichtes Gebüsch. Sie war ganz verwirrt und versuchte, sich aus dem wilden Geäst zu befreien. Aber ringsumher waren spitze Dornen, die ihr die Flügel zerrissen. Erschöpft und in Todesnot blieb sie schließlich darin hängen.

Ihr Flehen und Schreien hörte ein Waldgeist aus dem Geschlecht der Tannenwichtel, der in der Nähe Hagebutten sammelte. Obwohl er nicht größer war als ein Tannenzapfen, sprang er behende über Stock und Stein und sah bald darauf die kleine Schwalbe hilflos gefangen in einem Heckenrosenstrauch. Da rief er mit fester Stimme: "Bei allen guten Geistern, du darfst nicht sterben. Du kannst dich befreien, wenn du den Dornen deine Federpracht läßt."

Da verlor die Schwalbe durch einen Zauber all ihre Federn, und der Dornenbusch konnte sich nicht mehr daran festhalten. Die kleine Schwalbe fiel zu Boden und war

vollkommen verwandelt. Sie hatte Arme und Beine und langes, blondes Haar, das sie bis zu den Knien herab ganz und gar einhüllte. Wie ein junges, wunderhübsches Mädchen sah sie aus mit ihren großen, dunklen Augen und war doch so klein wie eine Kinderhand. Nur auf dem Rücken trug sie noch ihre Schwalbenflügel, die der Busch zerrissen hatte, und mit denen sie nun nicht mehr fliegen konnte. Die kleine Fee hatte große Angst. So schnell ihre neuen Beine sie tragen konnten lief sie aus dem Dickicht heraus quer über die Wiese. Dabei bahnte sie sich mit den Armen den Weg, so daß die hohen Gräser über ihr zusammenschlugen und die kugelrunden Pusteblumen ihre Samen lösten. Als nun das Schwalbenmädchen die vielen braunen Körnchen mit ihren Flugschirmen so leicht durch die Luft schweben sah, begann es ganz aufgeregt mit seinen Flügeln zu flattern. Es gelang ihm auch, auf diese Weise große

Sprünge zu machen. So hatte es bald die andere Seite der Wiese erreicht. Dort stand einsam am Waldesrand unter hohen Birken ein altes Haus aus braunem Fachwerk und roten Backsteinen. Gleich nebenan stand ein Ziegenstall, den sie wiedererkannte. Unter diesem Stalldach hatten nämlich ihre Eltern das Nest gebaut, in dem sie zur Welt gekommen war. Das Haus bewohnte die alte Kräuterliese. Sie hatte stets aufgepaßt, daß niemand dem Nest zu nahe kam. Das Mädchen mit den Schwalbenflügeln schwirrte mühsam Stufe für Stufe die Haustreppe hinauf und flatterte mit der letzten Kraft über das Geißblatt zur Fensterbank empor. Hier blieb es ganz außer Atem sitzen und pochte leise an die Scheibe.

Nach einer Weile öffnete sich das Fenster, ein riesiger Kopf schob sich heraus, und Finger, die fast so groß waren wie sein ganzer Körper, umklammerten das kleine Wesen. "Ach, du liebe Zeit," hörte sie die Stimme der alten Liese rufen, und schon saß sie auf einer blankpolierten Tischplatte. Direkt über ihr waren zwei wasserblaue Augen, und plötzlich bewegte sich auch der Mund und wurde dabei zu einer tiefen, schwarzen Höhle.

"Habe keine Angst, du wunderschönes Feelein," sagte die Stimme. "Ich sehe sehr wohl, daß du Schwalben~flügel hast und zu meinen Lieblingen gehörst. Es soll dir gut bei mir gehen, solange ich lebe." Die Alte nahm ihr geflochtenes Nähkörbchen, schüttete den Inhalt in eine Tüte und setzte das Feelein in das Korbgeflecht. Dann steckte sie behutsam die kaltgewordenen Beine des kleinen Mädchens in einen Eierwärmer. Ihren Fingerhut füllte sie mit Wasser, und das anmutige Wesen trank durstig aus dem schweren Krug, den es mit beiden Händen gerade halten konnte. Die Alte brach auch noch ein Stück von ihrem Kuchen. Das

war für die Kleine ein mächtiger Brocken. Aber sie war so hungrig, daß sie ihn ganz und gar aufaß. Dann streckte sie sich in dem Körbchen lang aus und schlief ein. Die alte Kräuterliese deckte sie mit einem Taschentuch zu und stellte das Körbchen neben das Tischbein zu ihren Füßen. Wieso pochte so ein kleines Wunderwesen an ihr Fenster, fragte sich die alte Liese gerade. Sie mußte von höherer Stelle erwählt worden sein, dem kleinen Feelein helfen zu dürfen. Das Ganze war ein wirkliches Wunder. Nach einem Leben voller Armut war die Liese jetzt so glücklich, daß sie nicht merkte, wie die Nacht kam und die Kälte durch das Fenster drang, wie ihre Hände immer steifer wurden und ihr Herz aufhörte zu schlagen. Um Mitternacht fegte der Wind ein paar Ziegel vom Dach, die krachend auf der Treppe zersprangen. Aber die Kräuterliese hörte es nicht mehr. Sie saß da in einem großen Frieden, obwohl der Sturm gewaltig in den hohen Wipfeln rauschte, die weichen Zweige der Bäume hin und her schleuderte und um die rissigen Mauern des Hauses heulte. Sie brauchte sich nicht mehr davor zu fürchten, daß es über ihr zusammenbrechen könnte, und das war gut so.

Als das Mädchen am nächsten Morgen erwachte, war es totenstill im Hause. Es reckte sich am Rande des Korbes hoch und blickte zu einer mächtigen, dunkelbraunen, hölzernen Säule empor, wie es noch keine gesehen hatte. Wie sollte es auch wissen, daß es ein Tischbein war? Das Feelein kletterte aus seinem Korb heraus und wandte sich dem Fenster zu. Ein Sonnenstahl kam ins Zimmer herein, breitete sein Licht zu seinen Füßen aus und leuchtete über die Falten eines blauen Gewandes, das aus der Höhe zu ihm herabwallte. Die Kleine wußte, daß es zu der Kräuterliese gehörte. Sie wollte sich daran emporziehen, wollte aus dem silbernen Krug trinken und von den gelben Brocken essen, aber es gelang ihr nicht. Sie konnte nicht verstehen, was geschehen war und warum die Liese so reglos dasaß. Es wurde ihr unheimlich und so flüchtete sie in ihren Korb zurück. Dort saß sie zusammengekauert viele Stunden lang. Bis es in der Hütte auf einmal entsetzlich laut wurde. Riesige Füße stampften in ihrer Nähe über den Boden, so daß sie das Schwanken der Dielen spürte. Die Schwalbenfee zog das Taschentuch über den Kopf und wagte nicht, sich zu rühren. Es hörte viele Menschenstimmen durcheinander rufen und reden, und als es von innen durch einen Spalt des Korbes lugte, sah es, wie das blaue Gewand fortgetragen wurde. Die Kräuterliese war auf dem Wege, ihr Haus für immer zu verlassen. Bald darauf wurde es wieder sehr still ringsum. So still, daß es dem Feelein zumute war, als sei alles Leben vergangen, als sei nichts Lebendiges mehr auf der Welt, das zu ihm gehöre. Es glaubte, daß es nun verhungern und verdursten müsse. Da fing es laut zu weinen an, und viele Tränen flossen über das kleine Gesicht. Das Feelein wußte nicht, was Tränen sind. Darum wunderte es sich und schmeckte sie mit der Zunge und weinte immer mehr, um sie zu trinken, denn es war sehr durstig. Damit war es so beschäftigt, daß es das Rascheln gar nicht bemerkte und erst aufsah, als ein schnurrhaariges Wesen mit spitzer Schnauze seinen Kopf in den Korb hineinsteckte. "Wer bist du?", fragte das Mädchen, bekam aber keine Antwort, denn gleich darauf war der Kopf wieder verschwunden. Es war Mauki, der Mausbock. Er rannte aus dem Zimmer zur Küche, wühlte sich durch einen Zeitungsberg, der dort in der Ecke lag, und huschte durch einen schmalen Gang hinter dem Mauseloch in seinen unterirdischen Bau zurück. Dort erzählte er mit aufgeregt wackelnden Ohren seiner Frau sein Erlebnis mit dem wundersamen Wesen in Lieses Nähkorb. "Wir müssen es sofort den Spatzen draußen sagen", meinte die Mausefrau, "damit sie zu dem Eichelhäher fliegen, und es ihm erzählen. Und er soll es dann dem Joschi sagen." Sie war eine gescheite Frau, aber nicht sehr mutig. Immer, wenn etwas Ungewöhnliches geschah, mußte der Joschi kommen. Durch einen Geheimgang kroch sie aus dem Haus hinaus, und der Mausbock folgte ihr. Sie berichtete den Spatzen von dem Mädchen mit den Flügeln und dem goldenen Gewand. Aber diese wollten ihr nicht glauben. Mit lautem Geschrei schwatzten sie wild durcheinander. Jeder Spatz hatte seine eigene Meinung und versuchte, sich damit zu behaupten. Fast alle meinten, die Mäuse wollten sie nur anführen. Zwei von ihnen waren aber vernünftig genug, um zum Eichelhäher zu fliegen.

Der saß gerade auf seiner Eiche und putzte sich. Es war ein schöner und sehr eitler Vogel mit einer kupferbraun glänzenden Brust und schwarzblau gestreiften Federn an den Flügeln. Er wünschte sich, der schönste aller Vögel zu sein, weil er bewundert werden wollte. Aber der Pirol mit seinem gelben Federkleid war noch eitler, und er sang von den hohen Tannen herab immer nur das eine Lied:
"Ich bin der Schönste, ich bin der Schönste."
Darüber ärgerte sich der Eichelhäher maßlos. Als er nun von den Spatzen hörte, daß es ein Wesen geben sollte, viel glänzender und goldener als der Pirol, war er so neugierig, daß er sofort mit den Spatzen zum Haus der Kräuterliese flog. Er klopfte mit seinem starken Schnabel so kräftig gegen die Fensterscheibe, daß diese zersprang und alle Vögel hineinfliegen konnten.

Voller Staunen betrachteten sie das Feelein, denn soetwas Schönes hatten sie noch nie gesehen. Sie wollten aber nicht, daß es sich vor ihnen fürchtete. Darum holten sie Blaubeeren und Himbeeren herbei, Weizenkörner und Haferflocken und viele leckere Sachen, die die alte Liese in ihrem Küchenschrank hatte. Sie reichten dem Feelein die Nahrung, nickten aufmunternd mit ihren Köpfen und sagten dazu: "Guten Appetit" oder "Wohl bekomm's."
"Du bist reizend", krächzte der Eichelhäher und spreizte sein buntes Gefieder. "Aber ein Vogel bist du Gott sei dank nicht. Vielleicht bist du ja ein Waldgeist. Das muß ich gleich dem Joschi erzählen." Er reckte sich stolz empor, schlug kraftvoll mit den Flügeln, so daß sich Feeleins Haar hoch aufbauschte, und flog davon. Die Spatzen hüpften vor Freude von einem Bein auf das andere, als sie das herrliche Gold so flattern sahen.

"Wir müssen es gleich dem Joschi sagen", machten sie den Häher nach und flogen hinterher. Den Mäusen war es langweilig geworden und sie huschten in ihre Löcher. Da saß nur das Feelein so ganz allein. Nach dem fröhlichen Trubel spürte es nun um so deutlicher, wie weh es tut, einsam zu sein. Vor lauter Kummer begann es furchtbar zu frieren. "Alle Vögel haben Flügel und können fliegen, wohin sie wollen, nur ich kann es nicht", klagte es. "Was bedeutet dieses seltsame Gefühl in mir, das meine Brust zusammenzieht und mein Gesicht naß macht? Und wie schrecklich ist es, auf zwei Beinen zu stehen, wenn man sich kaum damit bewegen kann." So klagte das Feelein ängstlich vor sich hin und kroch, so tief es nur konnte, in den Eierwärmer hinein.

Inzwischen war der Eichelhäher im Tannenwald angekommen, wo die Zweige so dicht waren, daß kaum noch ein Sonnenstrahl hindurch drang. Hier trug die Erde keine grünen Blätter mehr und war nur mit einem dicken Teppich aus trockenen, braunen Tannennadeln bedeckt. Der Häher setzte sich auf eine knorrige Wurzel und krächzte sein geheimes Signal, denn hier waren die Waldgeister zuhause. Es dauerte auch nicht lange, da steckte einer der Bewohner seine knollige Nase aus einer Wurzelhöhle heraus und fragte: "Was gibt es, Häher?" "Ist Joschi nicht da?" fragte dieser zurück. "Er ist selten hier," antwortete der Waldgeist. "Er läuft leichtsinnig durch die Helligkeit, behauptet, sich unsichtbar machen zu können und geht immer mehr eigene Wege. Ja, er macht uns großen Kummer, weil er sich gar nicht mehr wie ein richtiger Tannenwichtel benimmt." "Weißt du denn nicht, wo er ist?" fragte der Häher drängend. Seine Spähaugen begannen, vor Ungeduld zu flackern, und seine Federn sträubte sich. "Er wird dort drüben im Dornengebüsch sein," besänftigte ihn der Wichtel. "Seit Tagen sucht er dort nach einem Zauberwesen, daß er gesehen haben will und aus den Augen verlor. Joschi ist einer der Verrückten, die an ihre Träume glauben." Der bärtige Waldgeist wollte noch viel mehr erzählen, aber der ungeduldige Häher war so schnell verschwunden, daß der Tannenwichtel ins Leere sprach.

Joschi saß zusammengekrümmt wie ein rechter Unglückszwerg auf dem vertrockneten Stumpf einer Brombeerranke und blickte erst auf, als der große Vogel über ihm seinen Namen rief. Aber kaum war der Häher zu ihm herabgeflogen und hatte seine Botschaft überbracht, da sprang Joschi in die Höhe und klatschte vor Freude in die Hände. Der Wichtel rannte, so schnell ihn seine dürren Beine trugen der Wiese zu. Der Häher begleitete ihn im Flug. Sie krochen durch die zerbrochene Scheibe auf die Fensterbank. Die letzten Sonnenstrahlen fielen gerade neben dem Tischbein auf das Nähkörbchen. Es war ein Glänzen und Leuchten darin, als läge dort das goldene Geschmeide einer Königin. Joschis Augen wurden groß und weit vor Entzücken. Er kletterte über den Lehnstuhl der Liese zum Fußboden herab und wollte über den Korbrand steigen, als sich das Feelein umdrehte. Aus ihren Augen kam ein Blick so voller Traurigkeit, daß Joschi erschrak und einhielt. "Was ist passiert?" fragte er verschüchtert. Sie erkannte ihn wieder, lächelte matt und sagte: "Bist du es nicht gewesen, der mich verwandelt hat? Ach, bitte, mach doch, daß ich wieder eine Schwalbe werde. Ich war eine Schwalbe und wollte nie etwas Anderes sein. Was soll ich mit Armen und Beinen, mit denen ich nichts anzufangen weiß?" "Oh, das wirst du lernen", sagte Joschi ermutigend. "Es ist sehr schön, Arme und Beine zu haben. Man kann eine Menge damit anfangen. Schau nur her." Er klatschte mit den Händen einen Takt und hüpfte mit den Beinen hin und her, wie ein Hampelmann. "Man kann mit den Händen flechten und sägen und nähen und hämmern, geigen und malen und sammeln und pflücken," sagte er stolz. "Aber fliegen kann man damit nicht!" sagte das Feelein. "Nein", sagte Joschi, "fliegen nicht. Aber binden und klopfen und graben und säen." "Aber säen tut doch der Wind, und graben tun die Waldtiere, die Höhlen brauchen.

Und wozu soll ich binden und sägen und flechten? Komm zu mir, lieber Waldgeist, und mach mir meine Flügel wieder heil." Joschi trat dicht an den Korb heran und konnte nicht widerstehen, in ihr blondes Haar zu fassen. Es war so schön und bei seinem Duft wurde es ihm ganz warm ums Herz. "Ich werde dir alles beibringen, was du wissen und können mußt, um fröhlich zu leben und ich lasse dich nie mehr allein", sagte Joschi entschieden. "Wirklich nicht? Ach, das wäre gut." Feelein atmete tief ein und lachte erleichtert auf, während Joschi zu ihr in den Korb stieg. In diesem Augenblick flog der Häher empört zum Fenster hinaus. Sie hatten ihn nicht mehr beachtet.

Der Häher war tief gekränkt und sehr böse auf die beiden. Dabei hatten sie ihm doch soviel zu verdanken. Eine solche Behandlung wollte er nicht ungestraft hinnehmen. Seine Augen funkelten vor Zorn. Eines Tages würde er sich rächen.

Joschi hatte es nicht bemerkt. Er hatte andere Sorgen. Was würde geschehen, wenn hier die Verwandten der Kräuterliese auftauchten? Joschi konnte Menschen schon aus weiter Entfernung riechen und sich unsichtbar machen, so daß sie ihm nicht gefährlich werden konnten. Aber für das Feelein war das ganz anders. Man könnte es hier im Schlaf überraschen. Nein, hier konnte sie nicht bleiben.

Gleich in der Frühe des nächsten Tages begann Joschi damit, dem Feelein zu zeigen, wie man als kleiner Wicht leben muß. Er machte ihr aus einem Gürtel winzige Schuhe und aus einem

Zipfel des Tischtuches ein Kleid. Die Gardinen wurden zu Beuteln zerschnitten. Dann gingen sie in die Küche und sahen zur steilen Wand des Schrankes auf. "Es sind bestimmt sehr viele Sachen zum Essen darin", sagte Joschi. "Wir müssen versuchen, sie herunter zu holen und uns einen Vorrat davon anlegen." Er war stark und geschickt. Aus Teppichfransen machte er einen Strick, befestigte ihn an einem langen Stock und stellte diesen gegen die Schrankwand. Dann kletterte er daran empor und schlug mit seinem kleinen Beil ein Loch in die Schranktür, aus dem er nach einer Weile mit gefüllten Beuteln wieder heraus kam. "Du siehst, wie wichtig es ist, daß man klettern kann," sagte er. "Du mußt es auch lernen, denn deine Flügel helfen dir nun nicht mehr." Sie mußte auf seinen Rücken klettern und versuchen von oben her in eine Schachtel hineinzukommen. Aber sie hatte

Angst, und fiel herunter. "Siehst du", sagte der Wichtel. "Deine Arme und Beine sind kräftig genug, aber du hattest Angst, sonst wärest du nicht gefallen. Wer das Klettern lernen will, darf keine Angst haben." "Wozu muß ich das lernen?" fragte sie "Ich kann ein wenig flattern und Sprünge machen. Genügt das nicht?" "Um über die Fensterbank ins Freie zu kommen, genügt es nicht." Nach dem Mittagessen sagte das Feelein auf einmal: "Ich will es noch einmal versuchen." Dieses Mal gelang es, und Joschi sagte zu ihr: "Du bist toll! Wenn man etwas will, dann muß man darüber nachdenken, wie man es am besten tun kann, und dann muß man es tun." Joschi erzählte von dem Geschlecht der Tannenwichtel und was sie alles erfunden hatten, um sich vor großen Tieren zu schützen. "Aber im Wald gibt es so viele Dinge, die ein Handwerksvolk wie das meine braucht. Und so haben es einige von uns gelernt, von weit her, aus Müllhausen und auch aus leeren, einsamen Häusern so manches zu holen, was wir gut gebrauchen können. Du mußt wissen, es gibt ganz verschiedene Waldgeister, Handwerker und Künstler und Salbenmacher. Ich bin der Meinung, daß es das Beste ist, von allem etwas zu wissen und sich in jeder Lage helfen zu können." Er lächelte ein wenig, strich sich über seinen Bart und meinte: "Ich glaube, du hast einen guten Lehrmeister." Plötzlich hatte das Feelein eine Idee: "Könnte man nicht auch lernen, auf dem Rücken des Hähers durch die Luft zu fliegen?" "Nein, das geht nicht", sagte Joschi energisch. "Es ist viel zu gefährlich." Da er so kurz und abweisend reagierte, fragte Feelein nichts mehr. Aber der Gedanke daran ließ ihr von nun an keine Ruhe mehr. Sie wollte endlich dieses Haus verlassen. Sie wollte nichts Anderes mehr, als klettern lernen. Und weil sie das mit der ganzen Kraft ihres Herzens wollte, stand sie bald darauf triumpfierend auf der Fensterbank. "Komm mit, Joschi, jetzt sind wir frei", sagte sie und konnte es kaum erwarten, von ihrem Helfer gestützt, die Treppe zu erreichen. Es war herrlich, endlich wieder draußen zu sein. Sie rief alle Spatzen herbei und bat sie, zur Feier des Tages Himbeeren für sie zu pflücken. Einem von ihnen flüsterte sie zu, daß er den Eichelhäher holen solle. Joschi rief inzwischen die Mäuse herbei. Sie sollten ihm helfen, denn er wollte mit allen ein richtiges Fest feiern. Voller Eifer machte Joschi eine Herdstelle aus Steinen und hämmerte aus Dosen Pfannen und Töpfe zurecht. Feelein aber blickte immer wieder zum Himmel hinauf, um nach dem Häher auszuschauen. Joschi zeigte ihr die besten Kräuter und Wurzeln für das Festmahl, sägte einen Schirmpilz ab, sog Nektar aus Wiesenblüten für den Wein. Er sammelte Fruchtkapseln als Salat-schalen und preßte aus Bucheggern das Öl zum Braten. Er tat alles, was er wußte, um viele Gäste bewirten zu können, denn er freute sich wie ein Kind auf dieses Fest. Das Decken der Tafel machte Feelein großen Spaß. So wurde diese immer größer und hübscher. Die Tischdecke war mit Huflattichblättern gelegt. Darauf stellte sie Gefäße aus Nußschalen und Mohnhülsen mit bunten Früchten. Rindenstückchen waren die Teller und als Eßstäbchen wurden Tannennadeln verteilt. Dazwischen streute Feelein Sternenblüten und Vergißmeinnicht. "Vergißmeinnicht", sagte Joschi und streichelte mit seiner arbeitsschwieligen Hand ihre zarten, roten Wangen. "Das Essen muß jetzt eine Weile kochen, und es ist noch Zeit genug", stellte er fest. "Wollen wir nicht im Bach ein Bad nehmen und soll ich dir nicht das Schwimmen beibringen?" "Aber ich bin doch kein Fisch", sagte sie. "Ich bin ein Vogel." "Oh, nein", sagte Joschi. "Du bist nun kein Vogel mehr. Du bist jetzt ein Waldgeist, so wie ich. Und du gehörst nun zu mir, und ich habe dich lieb." "Aber ich habe Flügel", sagte sie. "Kein Waldgeist hat Flügel." "Aber ich habe dich lieb", sagte Joschi noch einmal. "Ich möchte, daß du immer bei mir bleibst."

In diesem Augenblick kam der Häher zu ihnen herab, krächzte laut und setzte sich gebieterisch vor der Festtafel ins Gras. Niemand ahnte, welch zornigen Gast Feelein geladen hatte...
Der stolze Häher hatte zuerst nicht kommen wollen. Seine Wut auf Joschi und seine Prinzessin saß zu tief. Aber dann hatte er

nachgedacht und sich einen Plan gemacht. Er wollte sich großzügig zeigen und sie gerne mit in die Lüfte nehmen. Aber ihre Haare sollte sie nicht behalten. Er wollte sie auf einem hohen Ast zwingen, ihr Haar abzuschneiden. Er konnte ja etwas nachhelfen. Eine scharfe Klinge dafür trug er verborgen zwischen seinen Federn. Mit der Goldpracht wollte er davonfliegen und sich damit schmücken. Er würde ein Vogel sein, so glänzend schön, wie es noch keinen gab, und niemand würde das bestreiten können. In seiner Vorstellung sah er sich schon, von Goldhaar umflossen, feierlich durch die Lüfte schweben.

Der Eichelhäher machte ein paar Kratzfüße, so daß die Erde auf die Tafel spritzte und rief munter: "Ha, ha, hier bin ich. Was steht zu Diensten? Ich bin ein geladener Gast. Aber ein sehr hilfsbereiter. Will gern alle Wünsche erfüllen." "Wie gut, daß du gekommen bist", rief Feelein und lachte übermütig. "Es ist so ein herrlicher Tag. Ich wünsche mir so sehr, auf deinem Rücken durch die Luft zu fliegen." Da wurde Joschi ganz blaß und sagte: "Das darfst du nicht wagen, Feelein. Du wirst herunterfallen." "Aber nein", rief das Schwalbenfeelein, "ich halte mich doch fest. Ich weiß, wie man fliegen muß, ich kann es ja. Ich kann alles, was ich will." Joschi sah sie eindringlich an, und er wußte, daß sie recht hatte.

Der Moment, den er so fürchtete, war gekommen. Würde sie von nun an nicht immerfort nur fliegen? Und würde es der Häher nicht gerne tun, da sie ihm so viel Goldglanz verlieh? Würde sie überhaupt zu ihm zurückkehren wollen? Es wurde ihm sehr schwer ums Herz und er sagte: "Ich habe dir vieles beigebracht, was du zum Leben brauchst. Du mußt bei mir bleiben. Glaube mir, der Rücken eines Vogel ist dort droben nicht sicherer als eine Wolkenbank. Nur bei mir bist du sicher. Höre auf mich." Joschi umarmte sie und zwei große Tränen rannen über seine Wangen. "Du warst sehr lieb zu mir", sagte die Schwalbenfee, und ihr Herz schlug so heftig, daß es schmerzte. "Aber wozu soll ich mit dir hämmern und flechten, binden und Vorrat sammeln, wenn ich doch fliegen und mein Futter überall finden kann. Vielleicht bin ich schon beinahe ein Waldgeist wie du. Aber ich habe ein anderes, ein sehnsüchtiges Herz, das mir keine Ruhe läßt." "Was ist das für ein Herz, das nicht lieben kann?" fragte Joschi. "Es kann lieben. Ich habe dich auch lieb. Ich komme immer wieder zu dir zurück. Das verspreche ich. Wenn du aber willst, daß ich nie mehr fliege,

dann kann ich auch nie mehr glücklich sein mit dir." Das Feelein setzte sich ins Gras und weinte, weil es fliegen und lieben wollte. Da begriff Joschi, wie übermächtig die Sehnsucht eines Schwalbenherzens ist. Er sah das Feuer der Begeisterung in ihren Augen, das all sein Können und Wissen überflügeln wollte. Aber er sah plötzlich auch das schadenfrohe, böse Aufflackern in den Augen des Hähers. Oh, Feelein, wo bliebe wohl deine Sehnsucht ohne mein Wissen, dachte Joschi. Und da hob er mit sanften Händen das Goldhaar von Feeleins Rücken und strich mit einer heilenden Salbe über die Schwalbenflügel, so daß die Federn sich wieder zusammenschlossen. "Bei allen guten Geistern, ich wünsche dir, daß du wieder fliegen kannst", sagte er. Da schwang sich das Feelein auf den Rücken des Hähers, der sich sogleich erhob und mit ihm in die blauen Lüfte aufstieg. Doch kaum spürte die Schwalbenfee den tragenden Wind, die Freiheit der Weite, den unendlichen Himmel, breitete sie ihre Flügel aus, und mit einem glückseligen Jauchzen flog sie schneller und höher als der Eichelhäher und war wieder eine Schwalbe. Und vom Himmel herab fiel ein goldener Schleier direkt vor Joschis Füße. Der hob ihn auf, lächelte still und sagte leise: "So soll denn deine Freude auch meine Freude sein."

Sommerfreundschaft

ausgedacht und illustriert von Biene,

abgeschrieben von Ralf

Entsinnst du dich noch grüner Wiesen? Stell dir einen buntgesprenkelten Teppich vor, mit kniehohem Gras, in helles Sommersonnenlicht getaucht. Vollgewichtige Hummeln baumeln schwer an zartgelben Himmelsschlüsseln, Bienen brummeln geschäftig von Dotterblume zu Gänseblümchen, Kaninchen naschen an roten Kleeblüten.

Einst gab es eine solche Wiese – unendlich weit anmutender samtgrüner Flor – an die ein alter, tiefer Wald grenzte. Durch diese Nachbarschaft erfreuten sich die grasigen Hügel regen Besuches durch die Waldbewohner. Verhielt man sich ganz still, konnte man Rehe am Schattenrand der hohen Bäume äsen sehen oder gerade noch einen Blick von der brandroten Rute des Fuchses erhaschen,

bevor er ins Gräsermeer eintauchte.

Dann, eines Tages, erfüllte entsetzliches Getöse die ganze Gegend und alles verkroch sich so tief wie möglich in seine Höhlen und Bauten oder floh eiligst in die Tiefen des Waldes, so schnell es Beine und Flügel zuließen. Dort, in den Dickichten, zwischen Farnwedeln und Brombeerranken duckten sich Große und Kleine, kauerten Harmlose und Gefährlichere eng aneinandergedrängt. Stunden lagen sie so beieinander, zitternd und vor Angst halb gelähmt – während draußen auf der Wiese der Lärm an- und abschwoll.

Erst gegen Abend trauten sich die Furchtloseren unter den Tieren wieder an den Wiesenrain – und blieben erstarrt stehen, blickten fassungslos auf ihre ehemalige Welt: Nackte, aufgewühlte Erde bedeckte das Gelände, so weit das Auge reichte. Schwarz, fast drohend, ragten Strauchwurzeln in den Abendhimmel. Gräser und Blumen waren untergepflügt – hier würden nie wieder Mücken in der flirrenden Mittagsluft tanzen, keine Grillen dazu spielen. Hier war alles Leben niedergewalzt. Verstört zogen sich die Tiere zurück.

In der Dämmerung zwischen den mächtigen Stämmen aber irrte ein letzter Falter umher. Nie zuvor hatte sich der kleine Bläuling um den nahen Wald gekümmert; bedrohlich und fremdartig wirkte jener immer und war doch heute als einzig rettender Weg verblieben. Schnell senkte sich die Dunkelheit über die

Bäume, aber nirgendwo fand der Schmetterling eine Blüte für seinen Schlaf.

Als der Nachttau seine Flügel beschwerte, setzte sie sich endlich auf ein Blatt.
»Guten Abend, Mondstein,« ertönte eine Stimme, »bist du vom Himmel gefallen?«
Erschrocken taumelte der Falter empor.
»Bitte, du darfst gern bleiben, ich habe selten so schönen Besuch.« bat das Blatt und entschuldigte sich gleich noch hinterdrein. Vorsichtig ließ sich der Schmetterling erneut nieder und antwortete trotzig: »Ich heiße aber gar nicht Mondstein und ...« Da unterbrach das Lindenblatt die Widerrede, indem es zu erzählen begann, von klaren Nächten, in denen der Mondschein sanft durch die zarten Blätter floß. »Grad so schimmerst

du auch«, schloß das Blatt, »und jetzt schläfst du besser.« Damit rollte es sich ganz sacht um seinen Gast, der sich nun gar nicht mehr fürchtete.

Am nächsten Morgen begab sich Mondstein auf die Suche nach irgendetwas Wiesenähnlichem. Der Hunger machte sich unliebsam bemerkbar. Natürlich vergaß der Schmetterling nicht, sich vorher von dem Blatt zu verabschieden. »Wie heißt du denn?« fragte Mondstein noch und erhielt zur Antwort: »Blätter haben keinen eigenen Namen, ich bin ein Lindenblatt, das ist alles.« Nachdenklich flog der Schmetterling zur Futtersuche.

Der Wald war nicht überall gleich dicht

und düster. Unter den Kronen der Laubbäume war das Licht sanft hellgrün eingefärbt und auch größere sonnendurchflutete Lichtungen fand man hin und wieder im Inneren des Waldes.

Vormittags gelangte der Falter zu einem kleinen, lichten Flecken, auf den hunderte von blaßblauen Blumen gestreut schienen. Die Sonne malte goldene Kringel auf den Grund und das Licht brach sich in leuchtenden Farben – auf den Flügeln ungezählter Schmetterlinge, die die Lichtung einer Wolke gleich bevölkerten. Geraume Zeit verharrte Mondstein staunend, wie betäubt vor Freude und Verwunderung. Aber kurz darauf kam der Bläuling wieder zu sich. Einige Falter hatten Mondstein bemerkt und nun fand sich der Schmetterling umringt von begeisterten Freunden und Verwandten.

An diesem sich nur langsam neigenden, sommerhellen Tag glich die Lichtung einem Tanzhaus mit all der farbenflackernden Unruhe, dem schlingernden, taumelnden Hin und Her, dem fast schwerelosen Steigen und Sinken. Den ganzen Nachmittag verbrachte der Bläuling hier im Kreise der wiedergefundenen Spielgefährten.

Als Mondstein sich nach einem wirbelnden Spiel an einem schaukelnden Zweig ausruhte, mußte sie plötzlich an das Blatt denken. Ganz sicher hätte es sich auch an diesem bunten Treiben gefreut, aber es konnte ja nicht fort vom Baum. Das klopfende Gefühl machte wachsender Unruhe Platz. Sie könnte ihm doch erzählen von dem schönen Tag, von den anderen. Der Schmetterling wollte auf einmal zurück. Ein blaufunkelnder Stäubchenregen stob auf, als Mondstein, um ihren Entschluß zu bekräftigen, heftig die Flügel auf- und zuklappte. Dann wandte sie sich ab und flog erneut ins dunkel anmutende Waldesinnere. Und niemand vermochte, sie davon abzuhalten. Das Blatt wartete sicherlich, und ein Name war ihr doch auch eingefallen.

Dieser Entschluß erwies sich als mühselige Sache, denn - irgendwie sahen sich alle Bäume so ähnlich! Sehr müde ließ sich der Falter auf einem Blatt nieder, überzeugt,

den Weg nie mehr zu finden. »Ich dachte, du kommst nicht zurück« ließ sich eine erfreute Stimme vernehmen, »war es schön unterwegs?« Vor lauter Glück tanzte Mondstein erst ein bißchen, bevor sie atemlos hervorsprudelte: »Einen Namen hab ich für dich! Ich möchte dich Falvis nennen, wenn du's magst...«
»Oh, es klingt fast zu schön für ein Blatt. Bedeutet es in deiner Sprache etwas?« fragte das Blatt. Mondstein zierte sich ein wenig um die Antwort und dem Lindenblatt wurde etwas eigentümlich zumute. »Es ist sehr schwierig zu übersetzen«, wich der Schmetterling schüchtern aus und dabei beließen sie es vorerst.

Mondstein flog nie wieder auf die Lichtung

zu den anderen. Den ganzen Sommer verbrachte sie in der Umgebung des Lindenbaumes. Sie spielte und tanzte, wo durch das Laubwerk grüngoldenes Sonnenlicht tropfte und sich winzige weiße Blütenkelche aus dem dichten Moosteppich reckten.
Längst hatten Falvis und Mondstein sich gestanden, ineinander verliebt zu sein.
Und jeden Abend schloß sich das Blatt vorsichtig um den Falter, schützte vor Wind und Regen.

Irgendwann, es mag wohl Oktober gewesen sein, ließ sich ein großer Wandel spüren.
Morgens hingen zarte Dunstschleier zwischen den alten Bäumen, war die Welt mit zitternden Tauperlen behängt.
Der Herbst zog ins Land.

Auch Mondstein bemerkte eine Veränderung an ihrem Freund: Mit jedem neuen Tag färbte Falvis sich bunter. »Du leuchtest schöner als jeder Abendhimmel«, flüsterte der Falter betroffen, denn er fing an, sich zu sorgen. Wenn das Blatt sich nur nicht so krank und matt fühlen würde...

Dann, eines Abends, suchte Mondstein den Gefährten vergebens. Nach verzweifelten Rufen fand sie ihn – auf der Erde. Braun, rissig und leblos lag Falvis da. Keinen Laut gab er von sich, sosehr Mondstein auch bat und bettelte.

Die Nacht brach an und kühler Wind erhob sich. Da ließ sich der Schmetterling auf dem Blatt nieder, öffnete weit die Flügel und

deckte den geliebten Freund zu.

Silbern blinkte zarter Rauhreif auf, als ein Sonnenstrahl die beiden berührte.

Später hat sie der Wind fortgetragen — und vielleicht konnten sie beisammenbleiben.

von Hartwig
abgeschrieben von Bettina

Vor vielen tausenden von Jahren, als es auf der Erde noch keine Autoabgase und keine Currywurstbuden gab, lebte irgendwo in Europa ein Stamm von Jägern, in einem Gebiet, das später als das Neandertal bekannt werden sollte.

So oder ähnlich beginnt die Geschichte des Zaubersteins auf seiner Reise durch die Zeitalter. Was es mit diesem Zauberstein auf sich hat, wird möglicherweise auf der nächsten Feier, die Du anzettelst oder wegen irgendwelcher Ereignisse zu verantworten hast, näher erklärt werden. Die Idee ist folgende: Alle, die zu der Fete – aus welchem Anlaß sie auch immer stattfinden mag – eingeladen sind, werden ein paar Tage vorher beauftragt, gemeinsam an einer utopischen Geschichte zu basteln. So schreibt Ulrike auf, was der Stein in der Steinzeit erlebt, Rüdiger recherchiert die Verwirrung der alten Griechen über dieses merkwürdige Mineral, Nicole schreibt über die Zeit von Christi Geburt .....
Die Zeiten wechseln – der Zauberstein bleibt: Mittelalter, 1800 – 1900, Weimar, 2. Weltkrieg, 60er Jahre, heute, die Endzeit,

etwa im Jahre 2004, und was danach kommt im Jahre 2983.

In jedem Zeitabschnitt konfrontiert sich der Stein der magischen Kräfte mit einer Heldin / einem Helden, deren Namen auch in der Vorgabe festgelegt werden. So könnte der erste Satz eines jeden Textes (nicht länger als eine getippte Seite!) lauten:
„Es begab sich aber, daß der Stein im Laufe der wirren Zeiten weitergegeben worden war an ..... (Name der Heldin / des Helden einfügen)" Ähnliches gilt für den jeweils letzten Satz, der lauten könnte: „Somit war es Zeit geworden, daß der Stein etwas Neues erlebte ..."

Sinnvoll, aber nicht zwingend notwendig, ist es, wenn die handelnde Person mit oder durch den Stein mit bedeutenden Persönlichkeiten der jeweiligen Epoche zusammentrifft, was nicht heißen soll, daß deswegen die Geschichtsbücher gewälzt werden sollen. Es soll ja eine utopische Geschichte werden.
Die Idee ist natürlich so gut, daß sie auch von anderen

Medien getragen werden kann. So muß es nicht unbedingt ein Zauberstein sein, der die Zeiten durchreist. In Frage käme z.B. auch ein Gnom mit ewiger Lebenskraft, ein Regentropfen oder ein Sonnenstrahl.

Zur praktischen Durchführung: Entweder verschenkt Ihr im Vorwege dieses Buch und fügt den jeweiligen Namen für die Hauptperson und die Epoche ein.

(die Zeit für Deine Geschichte, Claudia, soll das Jahr 2004 sein, die Hauptperson heißt: Gerhard)

Oder Ihr kopiert Euch den Text und verschickt ihn so mit der Einladung an die geladenen Gäste. Dann könnt Ihr die Spannung genießen, was rauskommen wird...

Gute Ideen haben es ja so an sich, daß sie geklaut werden. Deshalb vom „Kleinen Märchenbuch" ein herzliches Dankeschön an die Erfinderin, Stephanie Greer. Auf daß die Idee reichhaltige Früchte trage und der Zauberstein vielerorts auftauche...

Von den märchenhaften Menschen, die an diesem Buch mitgewirkt haben

Alexandra, 19

Seit kurzem mit der Schule fertig.
Ich versuche, Schönes zu schaffen,
mit oder ohne Kunst.

Ich heiße Astrid, bin 22 Jahre alt und verzettel' mich pausenlos mit endlosen Hobbys, wie dem Abschreiben von Märchen.

Barbara Eckholdt, geb. 23.03.53
in Hamburg.
Zwar nicht mit dem Zeichenstift in der Hand geboren, versucht sich aber immer mal wieder damit.
(Hier ein Selbstporträt im zarten Alter von 4 Jahren)

Bettina, 27.

Ich verlege (verlegen) Bücher,
manchmal meinen Kopf –
und mich noch viel zu oft auf später.

Biene Koch, geb. 25.06.1959 in Hamburg, Im Normalleben Studentin (Sprachen, 2. Semester Uni Stuttgart).
Ich mag bei Kerzenlicht und Tee. Bücher Lesen, im Wald zuhören, am liebsten ganz in der Nähe vom Meer sein, sammle Teddybären und glaube an die Indianerphilosophie. Und ich liebe Katzen und meinen Freund Andreas, der mich unermüdlich bei meinen ›verrückten‹ Ideen unterstützt.

Brinja (22)

Schweren Herzens verließ ich die Druckwerkstatt, um Krankenschwester zu werden. Meine Arbeitszeit ist so günstig, daß ich immer noch toll viel Zeit für mich, für neue Märchenbücher und für liebe Menschen habe.

Elisabeth Einhaus, 1952 in einem norddeutschen Dorf geboren, nach Zwischenstation in Düsseldorf (Kunst u. Literatur), beschloß sie (inzwischen in Hamburg), Therapeutin zu werden und die Menschen das Lachen zu lehren, wenn sie in den Spiegel schauen, und ihnen zu zeigen, daß sie auf einem Zauberplaneten reisen, der immer genau so aussieht, wie sie sich selbst im Spiegel wahrnehmen.

Hartwig Hansen (Hatta)

Hat trotz seines Namens noch nie genug zu lachen gehabt.
Ist deshalb immer für einen Witz gut.
Trotzdem tut er meistens das,
was er verspricht.

Ilka Häderle

Ich liebe auch die Träume, die sich nicht verwirklichen lassen.
Wenn ich traurig bin, versuche ich, mir Mut zu machen und schreibe alles auf, was mir durch den Kopf geht.

Ingeburg Baier
Nun sind es wohl bald 25 Jahre her, seit ich meinem Jungen immer aus meiner Phantasie heraus über tausend Märchen erzählt habe. Eines davon habe ich jetzt aufgeschrieben.
Ich bin 61 Jahre alt und eigentlich Buchhalterin. Wegen meiner Träumereien war ich für meinen Beruf niemals besonders geeignet.

jörn plenz,

Wunschberuf: Leseratte,

Realberuf : Bauzeichner + Grafiker

Kai, 18

Ich pendele zwischen Schule, Druckwerkstatt und Motorrad – welches wohl nie mehr fertig wird (Baujahr '53) – hin und her.

Kristina, Jahrgang 1959 und im Horoskop Fisch. In mein Märchen sind viele Erfahrungen, die ich im Laufe meines Psychologiestudiums gemacht habe, eingeflossen.
Viele Kenntnisse aus meiner Therapie sind aber offenbar schon vorher vorhanden gewesen und in meinen Märchen tauchen sie immer wieder auf.

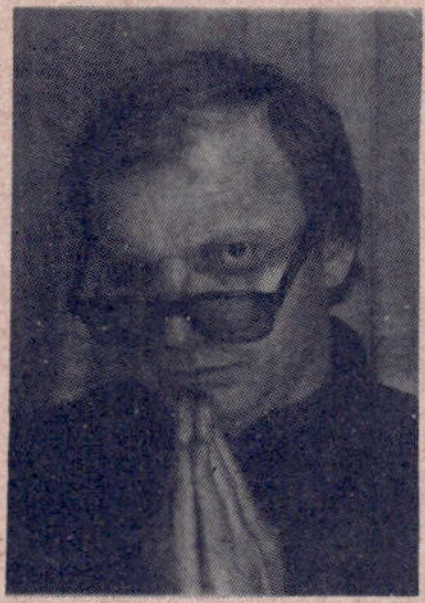

Konrad Lorenz: Eigentlich...
Eigentlich ja ... aber eigentlich auch wieder nein ... und bloß kein Glaubensbekenntnis! Halbherzig geboren (1942), aufgewachsen (St. Pauli), gelernt (Maschinenbau) und gefahren zur See ... sitze ich zur Rechten meines Lebens, an das ich rankommen will: Hastewaskannste! Ich arbeite heute als Ing. und lebe als Partner, Vater und Kind hinter meinen Träumen her. Manchmal schreibe ich einen auf...
Die Fantasie kann das Leben nicht ersetzen. Eigentlich...

Ralf Plenz,

mit 29 Lenzen immer noch Motor der Druckwerkstatt.

Ich verzaubere Texte in Schönschrift, Ideen in Bilder und Märchen in handfeste Bücher. Beim Büchermachen vergesse ich öfter das eigentliche Leben.

Uli Karger
gebürtiger Berchtesgadener (Oberbayern) lebe ich nun 27-jährig in Berlin.
Ich arbeite als staatlich »anerkannter« Erzieher und bin in der Ausbildung als Katechet.
Schreiben, Malen, Musik, Reden...
lustvolle Ausdrucksformen, mich und andere zu lieben

Danke für's Korrekturlesen: Werner, Bettina, Susanne

Danke für's Drucken : Michael, Jochen, Andreas.

Eine Zauberblume sprießt weiter

Da standen sie nun, die Märchenbuchbegeisterten – und verlangten Antworten. Sie fragten im Laden der Druckwerkstatt, sie riefen von weither an, sie schrieben liebe Briefe. Und alle waren enttäuscht, daß »Die geschenkte Stunde«, das einmalige handgeschriebene Märchenbuch, schon vergriffen war. Im kalten Herbst und Winter 1982 hatten sich Bettina, Hartwig, Lucia, Ralf, Olaf und Ute gefunden und mit der kreativen und selbstlosen Unterstützung von über 20 Leuten den ersten »Lustwurf« der Druckwerkstatt Ottensen geschrieben und herausgebracht. Die schöne Aufmachung reizte zum Ver- und Sich-selber-Schenken, so daß im April 1983 keine »geschenkte Stunde« mehr im Hinterzimmer der Druckwerkstatt zu finden war.
Was läge näher, als dieser märchenhaften Blume zu einem Ableger zu verhelfen?

So kam es, daß Hartwig und Ralf in einer Berliner Pizzeria vereinbarten, ein neues Märchenbuch zu machen. Aufgrund von Anzeigen und Handzetteln, dem Stöbern in eigenen und fremden Schubladen und einem Aufruf im NDR-Radiobasar schwappte eine mächtige Welle Märchenhaftes auf ihre Schreibtische. Die Bearbeitung führte zu einer neuen Welle, diesmal der Schweißwelle.

»Das kleine Märchenbuch« - diesmal nicht durch so viele Hände, aber nach wie vor alles von Hand - führt die Idee, die seinerzeit durch Astrid's malerisch abgeschriebenes Märchen geboren wurde, in guter Tradition fort. Nun liegt es in Eurer Hand.

Der neue Sprößling im Programm von Bettina's Metta Kinau Verlag wartet mit vielen verzauberten Knospen auf mannigfaltige Eintopfaktionen auf eigenen oder fremden Nachttischen und Bücherregalen.

zu Ottensen in Hamburg, im Juni 1984

Hartwig und Ralf

KIND & KEGEL

Werner Liebetanz

Kirli und Kurrem

Für Trolle von 5 bis 5000

Mit 9 neuen Illustrationen von Alexandra Felbinger

Kurrems Haare fallen aus, und das ist schlimm für einen Trollvater. Zusammen mit seiner Tochter Kirli macht er sich auf die Suche nach einem Baum-, Stein- oder Eistroll, denn nur diese können Kurrems Haarausfall kurieren. Ob das wohl klappt?
Eine liebevolle und spannende Geschichte für Kinder ab 8 Jahren.

ca. 90 Seiten, 20,5 x 25 cm, fest geb., Lesezeichen, 9 Illustrationen und eine Landkarte, ISBN 3-92 06 41-10-8
3. überarb. Auflage Okt. 1985 22,00 DM

Bestellungen: Metta Kinau Verlag, Ottenser Hauptstraße 48, 2000 Hamburg 50

HANDGESCHRIEBENES

Die kleine Märchengalerie

7 neue Märchen und Bilder erwarten den Leser in der Märchengalerie, außerdem eine Galeriebesucherin, die bei ihrem Rundgang von Raum zu Raum eine ganz eigene Geschichte erlebt, die sich wie ein roter Faden durch das Buch zieht.

Insgesamt 7 Geschichten erzählen märchenhaftes ohne Schnörkel und Betulichkeit; wie aus Menschen Zeitraffer wurden, vom Königreich, in dem es keine Zeit gab, bis ein ehrgeiziger Wissenschaftler diesen Mangel zu beseitigen wußte ...
... Bedrückend oder weinerlich sind die Märchen keinesfalls ... Die liebevollen Details, die das Buch so schön machen, sind gewiß mehr als zeitraubend. Abgesehen von 200 Seiten Handschrift kann die Märchengalerie mit zahlreichen Illustrationen aufwarten ...

NDR Abendjournal, 5.8.1986

208 Seiten, Umweltschutzpapier, 14,8 x 17,5 cm, fest geb., Lesezeichen, Titel Pariser Marmor, 46 Illustrationen,
ISBN 3-920641-03-5

1. Auflage Juli 1986 — 24,80 DM

Bestellungen: Metta Kinau Verlag, Ottenser Hauptstraße 48, 2000 Hamburg 50